I0612221

Quince tardes grises

Linda Pagán Pattiserie

Quince
tardes grises

PAÍS INVISIBLE
EDITORES

Quince tardes grises
ISBN: 978-1-7363473-3-1
©Linda Pagán Pattiserie
Primera edición: enero 2026

Para contactar a la autora:
Email: lindapf2003@hotmail.com

Páginas web:
Facebook: Linda Pagán Pattiserie - escritora
Instagram: @escritora_lindapagánpattiserie

País Invisible Editores
Editor de estilo: *Emilio del Carril* (emiliodelcarril@gmail.com)
Corrector: Richard Rivera Cardona (rriveracardona@gmail.com)
Concepto artístico de la portada y contraportada: *Emilio del Carril*
Diagramador de la portada y contraportada: *Eric Simó*
Diagramador del interior: *Eric Simó* (ericji28@yahoo.com)
Fotografía de la autora: *Camille Biaggi* biaggifotoarte (Instagram)
Impresión: *Bibliograficas-Biblio Services, Inc.* (info@bibliograficas.com)

Impreso en Puerto Rico

Índice

Capítulo 1:
Primera tarde gris

"Te llamas Mariana Salgado Lebrón, aunque aquí insisten en usar el apellido del patán con el que te casaste. Te dicen 'Mariana del Prado' y cada vez que lo oyes, algo dentro de ti se retuerce. No sabes qué día es hoy; en este lugar todos los días se confunden bajo las mismas luces fluorescentes que zumban en los pasillos y te taladran los nervios. Dicen que estás loca. Tal vez lo estés. Te lo digo desde ahora: no tienes forma de salir de aquí. Estás sentada en la mecedora blanca del mirador, allá arriba, en la terraza. Las paredes, los ventanales, todo es blanco, como si quisieran borrar tu existencia. El sol hoy decidió esconderse. Quizás no quiso ser testigo de tu tristeza. Desde ahí ves el río, su corriente constante, el agua golpeando las rocas. A veces imaginas sumergirte en ellas, poner fin a esta muerte lenta. Pero no, ya se acerca el otoño; y debe de estar helada. Cuando estás en el mirador, siempre aparece el pajarito. Se posa en el alero y canta tu nombre, como si se burlara de ti. Más allá, el gavilán sobrevuela los predios con su vuelo quebrado, acechando, observando. Él lo vio todo. Fue testigo de tu caída, de tu abandono. Hoy el cielo es gris. Uno de esos días en que parece que Dios olvidó a los suyos. No dejas de mecerte, una y otra vez, como tampoco de recordar aquellas tardes grises... esas que te rompieron la vida".

***

Valeria, la jefa de las enfermeras, se acercó a Mariana con una sonrisa que no alcanzaba sus ojos.

—Vaya, Mariana, parece que el doctor Villalobos te ha dado permiso para escribir tus... pensamientos. ¿Crees que plasmar tus delirios en papel cambiará algo?

Mariana mantuvo la mirada fija en el suelo, negándose a responder. El silencio pareció avivar la impaciencia de Valeria.

—No te hagas la mártir conmigo. Sé que intentas manipular a todos con esa actitud. Pero te advierto, no soy el médico. Tus amenazas veladas sobre escribir o suicidarte no me impresionan. Si decides seguir ese camino, allá tú. No moveré un dedo para detenerte.

Y es que la presencia de Mariana le recordaba a una chica que detestaba cuando estaba en la secundaria. La misma que le quitó al único hombre que le interesó de verdad. "Se me parece tanto a esa perra", pensó; y de un portazo cerró la puerta de la habitación 213.

Mariana se quedó murmurando entre dientes, con una sonrisa apenas perceptible asomándose en sus labios:

Valeria, siempre tan fría y calculadora. Si supieras las cosas que he oído sobre ti desde que estoy aquí. Los "locos", como les llamas cuando los obligas a tomar sus pastillas y los encierras en el cuarto de aislamiento, te apodan "La Cobra". Por lo que escuché, fue tu propia hermana quien te dio ese apodo. Puedo imaginar por qué: eres tan venenosa como una serpiente. También sé lo tuyo con el doctor Fermín Villalobos; un secreto a voces entre el personal. Ustedes son el dúo de la maldad.

***

En las afueras de Madrid, lejos del bullicio de la ciudad, se encuentra el hospital Renace, un exclusivo sanatorio para enfermos mentales, reconocido por su privacidad y exclusividad. El sanatorio está ubicado en la cima de una colina, y las ambulancias atraviesan caminos angostos flanqueados por pequeños negocios de comida rápida y paradas donde la gente se relaja; o escucha la música que estaba de moda: los Bee Gees y la fiebre del sábado por la noche. El trayecto es pintoresco: el río serpentea entre caminos verdosos y pedregosos, rodeado de robles, piceas y pinos, mientras las aves cantan; y un gavilán sobrevuela las copas, alertando a todos con su mirada penetrante. La sirena de la ambulancia anuncia la llegada de los pacientes, y el ave lo sigue como guardián silencioso.

A primera vista, Renace parece un mausoleo antiguo: grandes arcos con cristales que ocultan el interior. En el edificio blanco marfil de tres pisos sobresale con su cúpula, el mirador, y está rodeado de jardines donde los pacientes descansan o realizan actividades. Los tulipanes, sobre todo los rojos, destacan en el paisaje el color favorito de Mariana, que asocia con la pasión y los amores intensos de su pasado.

La mayoría de los pacientes recibe visitas en los jardines; otros prefieren leer o jugar cartas. Todos están vigilados por enfermeros y seguridad, pero la calma puede romperse con gritos de los enfermos con brotes psicóticos. La mayoría viste camisones blancos; los de peor condición, lila claro. Como "el loco de la rodilla", que una vez por semana grita durante horas sobre su dolor; o Nanette, que provoca a los visitantes con gestos atrevidos.

Los pacientes provienen en su mayoría de familias pudientes: políticos, empresarios, artistas, aristócratas.

Algunos ingresan voluntariamente, otros por orden judicial, y algunos llegan gritando y maldiciendo:

—¡Hostias, que no quiero estar aquí!

—¡Suéltame puta!

—¡Déjame quieto, marica gilipollas!

—¡Me cago en la madre de los enfermeros!

12

Los gritos retumban contra las paredes blancas de la sala de emergencias. El día del ingreso de Mariana, Valeria; La Cobra, daba instrucciones desde una esquina mientras dos enfermeros trataban de controlarla.

—A la joven que llegó bravita deberían inyectarle el amansaguapos —sugirió, molesta por los gritos de Mariana.

Uno de los operadores de la ambulancia se quejó:

—¡Madre mía, esta mujer me ha mordido!

Dos horas después, Mariana, desconcertada por el tranquilizante, era trasladada a la habitación 213. Sus ojos estaban hinchados y muy rojos, opacando el verde olivo de su mirada. Atrás quedaron las noches interminables esperando a Danilo, su flamante marido, mientras andaba de fechorías y bebelatas. Mariana llegó descalza a Renace, con la mirada extraviada; su cabello ondulado cubría parte del rostro. Hizo muecas como sonrisas torcidas mientras dos enfermeros la trasladaban.

Miró directo a los ojos de Sandro, el cubano, y le suplicó:

—Sácame de aquí.

Del otro lado de la camilla, Trina, la enfermera mexicana, intentaba calmarla.

—Usted debería tranquilizarse —la tocó por el cabello.

Mariana, por su estado psicótico, no se dio cuenta de su indumentaria. En lugar de uno de los costosos vestidos que le compraba su marido, la cubría una camisa de fuerza.

Comenzó a decir cosas:

—¿Para dónde me llevan? ¿Por qué respiro si estoy muerta? No siento a mi hijo —hablaba con la lengua pesada.

—Cálmese —le respondió Trina.

Intentó levantarse de la camilla sin éxito. Creyó ver a su esposo en un pasillo, quizás alucinaciones por la medicación. Sus ojos, antes llenos de amor, ahora destilaban dolor y furia contenida.

—¡Danilo, no te acerques! Fingiste ser mi protector, pero solo buscabas controlarme. Jamás imaginé que llegarías tan lejos. Me encerraste aquí, me arrebataste la libertad, todo para silenciarme. Pero escucha bien, no lograrás que te perdone. Ahora sé quién eres realmente. Te aseguro que pagarás por lo que has hecho.

Capítulo 2:
La Cobra

El hospital Renace estaba dirigido por el Dr. Fermín Villalobos, un psiquiatra de unos cuarenta años con presencia imponente y canas prematuras que subrayaban su aire intelectual. Valeria, tú lo recuerdas bien: impecable en apariencia, seductor en el habla. Muchos decían que hablaba como un escritor frustrado. Detrás de su imagen pulcra se escondía un hombre infiel, manipulador, acostumbrado a conseguir lo que quería, incluso si debía pisar a quien se interpusiera. Su padre, fundador del hospital, lo obligó a estudiar medicina, convencido de que solo él tenía la inteligencia para perpetuar el legado familiar.

Fermín se adueñó del hospital y lo convirtió en su feudo. Pero cuando tú llegaste, todo comenzó a cambiar. Antes de tu entrada, las normas eran laxas, casi decorativas. El personal se relajaba, los pacientes vivían sin mayores restricciones. Bastó que cruzaras el umbral para que todo se reordenara. Desde el primer cruce de miradas supiste que él te deseaba. Y tú... supiste exactamente qué hacer con ese deseo.

Fermín cayó cegado por tus encantos, por tu juego. Por tus pechos, sí, pero también por el control que ejercías sin levantar la voz. Se volvió adicto a los encuentros secretos que compartían en su oficina. Cada vez que la urgencia lo dominaba, decía lo mismo a la secretaria:

—A menos que este hospital se prenda en fuego, no me interrumpas. Estaré revisando unos documentos con la enfermera Valeria. Si llama mi esposa... ya sabes qué decirle.

Cerraba la puerta. Y comenzaba la fiesta.

16

Tú lo sabías todo. Sabías el poder que tenías. Y disfrutabas cada segundo. Le atabas las manos a la silla, le prohibías tocarte, y luego lo tomabas del cuello para sumergir su rostro entre tus senos. Reías fuerte, dominando cada espasmo de su voluntad.

—No vas a tocarme hasta que yo te lo permita.

—Mira cómo me tienes —respondía él, dejando claro, incluso bajo el pantalón, el efecto que tenías sobre él.

El juego duraba cerca de una hora. Terminaba cuando él se derramaba sobre tus pechos, a no ser que quisieras algo más.

—¿Te animas? —le susurrabas al oído, montada sobre sus rodillas, la lengua tibia recorriéndole la oreja.

—Me tienes desquiciado. Más que los pacientes de este manicomio. Ten cuidado, la otra vez casi me liquidas —te advertía con los ojos encendidos.

Con el uniforme abierto al frente, a medio vestir, tú gobernabas la escena. En cuanto lo tenías atado, le quitabas la corbata, se la apretabas al cuello y comenzabas a moverte sobre él, llevándolo al borde, al límite, al abismo. Él, con el rostro rojo por la falta de aire, parpadeaba tres veces. Esa era la señal. Aflojabas la presión, y entonces él se desbordaba dentro de ti como un volcán furioso.

A simple vista, proyectabas seguridad, firmeza, hasta elegancia. Pero por dentro; por dentro luchabas con un enjambre de complejos que se había instalado en ti desde la infancia. Todo comenzó con la llegada de tu hermana menor. Cinco años más joven. Una invasora, una usurpadora. Lo que al principio parecían celos comunes se convirtió en algo más oscuro. Tus padres te sorprendieron una noche golpeando la cuna con una escoba. Si no recibías un regalo cada vez que ella era agasajada, mordías sus bracitos con furia.

Pasaron los años y te convertiste en una joven amargada, envidiosa. Cuando tus padres murieron, heredaste el seguro de vida. Lo dilapidaste en un año: cirugías estéticas, prótesis, bisturí. Querías esculpir un cuerpo nuevo, otro rostro, otra mujer. Tus pechos aumentados se volvieron tu carta de presentación.

Tu hermana, incapaz de soportar tus excesos, tus amantes, tu vacío vestido de fiesta, se fue a vivir con una amiga. Pero antes de marcharse, te dijo algo que jamás olvidaste:

—La envidia terminará envenenándote. Eres igual que una cobra.

Con lo poco que te quedó, estudiaste enfermería. Lograste entrar al hospital Renace. Pero allí, en vez de calmarse, tus inseguridades crecieron. Te comparabas con todas: más bellas, más queridas, mejor pagadas. Entonces lo viste a él, el prepotente esclavo: el doctor Fermín Villalobos. Investigaste su vida: descubriste que su esposa no podía tener hijos, que él frecuentaba lugares reservados para hombres ricos que buscaban una noche de fantasías. Lo estudiaste como un depredador estudia a su presa. Y cuando tuviste suficiente información, lo sedujiste. Lo atrapaste. Te hiciste su aliada, su cómplice. Y así, paso a paso, te convertiste en jefa de enfermería.

Capítulo 3:
Irregularidades

Una mañana nublada dejaba que la brisa acariciara suavemente los árboles. En los jardines de Renace reinaba una calma casi irreal. Los largos pasillos, las paredes y pisos blanquísimos permanecían despejados; los viernes no eran días de visita. Los empleados realizaban sus tareas en silencio; los pacientes, tras el desayuno y la medicación correspondiente, descansaban. Todos, menos Mariana. Ella no podía. Los pensamientos le daban vueltas y más vueltas, intentando asimilar la desgracia en la que se había convertido su vida. El medicamento le quitaba el apetito y le robaba el sueño. Apenas lograba dormir dos horas por noche.

La enfermera Trina Gallardo, de cabello largo y negro, con más curvas que cualquiera de sus compañeras, compartía el turno con Sandro. Él era el único en todo el hospital en quien ella confiaba de verdad. Aunque fingía no notarlo, Trina percibía el leve temblor en las manos del joven cada vez que le entregaba un expediente, le ofrecía un café o simplemente la miraba; con ese brillo imposible de disimular. Trina, al igual que Mariana, detestaba su apellido. "Se me remueven las entrañas al escucharlo", solía decir. Incluso su nombre de pila le resultaba incómodo: le recordaba una infancia marcada por las penas y una vida que prefería dejar enterrada.

De pronto, vio a Sandro al otro lado del pasillo. Caminaba hacia ella con esa sonrisa forzada que no le llegaba a los ojos, aunque los hoyuelos se le marcaran como siempre.

—¿Cómo está lo más lindo de este manicomio cinco estrellas? —dijo al detenerse frente a ella, en voz baja.

—Sandrito... si no fuera por ti, estos días se me harían eternos. Pero habla bajito. Si 'La Cobra' te escucha, te arranca las pocas horas libres que te quedan —le advirtió, sin disimular la tensión.

—Óyeme, esa mujer me tiene al límite. Hoy ni siquiera me tocaba venir. Me llamó hace dos horas porque alguien faltó. ¿Tú puedes creer? No ha parado de gritarme desde que entré.

—No mames.

—¿Qué dijiste?

—No jodas, así decimos los mexicanos. Tranquilo.

—Ya, ya. Es que ando con los nervios en carne viva. ¿Y te sorprendes? Valeria sabe que tengo dos trabajos. Le da igual. Le encanta joder por puro gusto. Mi vieja me dice que no le pare bolas, pero es fácil decirlo desde afuera —soltó, con los dientes apretados.

—Esa mujer se alimenta del control. Y no tiene límites.

—Te juro, si no necesitara el trabajo, ya me habría ido. Pero tengo que seguir. Enviarle plata a mi madre, ahorrar para traerla de Cuba. No me queda otra. Lo único que me calma es que hoy me tocó contigo. ¿Nos tomamos una cañita al salir?

—¿Cuándo vas a dejar de hacerte el gracioso? —le dijo, sin dejar de observar su rostro cansado; luego, suavizó el gesto y le guiñó un ojo.

—No me provoques, Trina. Tus ojos me desarman. Dame una de esas pastillas que traes, anda —intentó bromear, pero su voz sonó casi apagada.

—No estamos para chistes. Las pastillas son para la paciente del 213. Hace tres noches que no duerme.

—¿Sabes si comió? El otro día dejó todo. Está mal, de verdad. Recuerdo cuando la trajeron en pleno brote psicótico. Mordió a uno de los operadores de la ambulancia. Pero hay algo que no me cuadra. Su ingreso fue... extraño.

—¿Extraño cómo? Esa información debe ser confidencial.

—Tengo mis contactos en administración —dijo, sin sonreír esta vez.

—Ten cuidado, Sandro. Aquí hablar de más puede costarte caro.

Sandro bajó la voz, echando un vistazo por el pasillo vacío.

—Te voy a decir algo, pero no lo repitas. Alguien en administración me contó que el ingreso de Mariana no fue por protocolo. No hubo orden judicial. Ni familiares. Solo llegó, con un supuesto informe psiquiátrico sin firma clara.

Trina lo miró frunciendo el ceño.

—Eso no tiene sentido. ¿Y quién firmó el ingreso entonces?

—Ahí está lo raro. Valeria.

El silencio entre ellos se volvió pesado.

—¿Estás diciendo que La Cobra autorizó el ingreso de una paciente sin respaldo legal?

Sandro asintió, casi en un susurro.

—Y no solo eso. Desde que Mariana llegó, Valeria ha estado encima de su caso, como si la vigilara. Yo creo que no quiere que nadie se acerque mucho a ella.

Trina sintió un escalofrío en la espalda. Recordó los ojos de Mariana la noche anterior, perdidos, pero no del todo. Como si fingiera estar peor de lo que realmente estaba.

—¿Y si Mariana no está loca? —dijo Trina, más para sí que para él.

Sandro la miró con atención. En sus ojos no había burla esta vez.

22

—Entonces estamos en medio de algo muy jodido. Chica, lo que te cuento es porque confío en ti. Te lo juro por la Virgen de la Caridad del Cobre; con esa Mariana hay algo raro. Y escucha esto, creo que es la esposa de un amigo del doctor Fermín. ¿Y quién se atreve a decirle algo? Nadie, si ese hombre es el dueño del hospital. Por si fuera poco, los pagos del tratamiento vienen del extranjero.

—Me imagino tu confidente, Odette.

—Es solo una amiga.

—Claro, una amiga con derechos.

—¿Estás celosa?

—¡Déjate de disparates! ¿Celosa yo? No vaya a ser que por andar de metiche pierdas el trabajo.

—Eso no va a pasar, tranquila. Y comoquiera; creo que te mueres de los celos.

—¡Por favor!

—Además, tú no me haces caso; y yo tengo mis necesidades, ¿sabes? Y Odette; pobrecita, enviudó joven. Necesita que le den cariño.

—¡Cariño dice! ¿Y tú qué eres ahora, voluntario del amor?

—No, mi amor. Yo soy servicio comunitario; ¡pero de calidad!

—Eres un loquillo —Trina no pudo evitar reírse.

—No, en serio, Odette me confió la información. Me aseguró que ha notado ciertas irregularidades.

Trina se quedó pensativa por unos segundos.

—Lo que me dices no es normal. Aunque, si lo pienso bien, hay algo que siempre me ha hecho ruido. Mariana lleva par de meses internada y, hasta donde sé, nadie ha venido a verla ni una sola vez.

Hizo una pausa, miró al pasillo y añadió:

—En fin, mejor volvamos al trabajo y dejemos las teorías para después. Hablamos más tarde —dijo, mientras se alejaba con paso apurado hacia la habitación 213.

Sandro no hablaba por hablar. Su amiga en la administración del hospital; una mujer hábil para notar lo que otros prefieren ignorar, había detectado detalles inquietantes. Cada inicio de mes; sin falta, llegaba un cheque firmado por un gerente desde el extranjero, cubriendo con generosidad todos los gastos de Mariana del Prado. Su expediente, sus medicamentos, sus terapias... todo era manejado exclusivamente por el doctor Fermín. A diferencia de los demás pacientes, ella no participaba en terapias grupales ni era evaluada por otros especialistas. Estaba completamente apartada. Los turnos del personal asignado a la habitación 213 no los decidía el sistema, sino Valeria, quien se aseguraba de que Sandro y Trina la atendieran con regularidad. El dúo, enfermera-psiquiatra; compartía algo más que rutinas clínicas. Valeria sabía demasiado y había aprendido a usarlo a su favor. Guardaba los secretos del doctor con una sonrisa en los labios y ambiciones en la mirada. Él, por su parte, necesitaba que todo permaneciera en silencio. Lo necesitaba con urgencia. Porque si algo se filtraba, no era solo su reputación lo que estaría en juego. Era su libertad.

Capítulo 4:
Una vida de incógnitas

La vida de Mariana Salgado Lebrón, conocida, posteriormente, como Mariana del Prado, estuvo marcada por las incógnitas desde el mismo momento de su nacimiento. Nunca conoció a sus padres biológicos y pasó sus primeros tres meses de vida en un orfanato. Según el expediente de la "Posada Belén", nombre del hogar de niños donde fue acogida, fue su madre quien la entregó.

—No mereces una vida miserable. Te voy a dejar en un lugar con niños buenos. Una bebita tan linda como tú no debe crecer entre la inmundicia —le susurró la madre entre sollozos, mientras caminaba hacia el lugar que daría cobijo a su hija.

Se cuenta que, una tarde lluviosa de marzo, llegó al hogar una mujer con un paraguas roto y una recién nacida en brazos. Su ropa estaba empapada y olía a abandono, pero la niña exhalaba un delicado aroma a colonia. Estaba envuelta en una manta tejida, que su madre había robado días antes. Aquella joven venía con el aliento impregnado de ron; y los ojos nublados por noches sin descanso: de hambre, de calle, de impotencia. No sabía con certeza quién era el padre de su hija. Dijo haber dado a luz en un hospital público. Aseguró no poder cuidarla; no tenía ingresos y sobrevivía limpiando cristales de autos lujosos en los semáforos de la ciudad.

Cada día soportaba insultos: ¡Salte, mugrienta! ¡Estorbo público! ¡Muévete, tonta, que cambió la luz! Compartía una habitación miserable con una amiga adicta a la heroína, vicio que ella apenas comenzaba a probar.

26

Antes de firmar el formulario de ingreso al orfanato, solo hizo una petición a la directora:

—Se llama Mariana. Así la llamé por una novela que leí antes de escaparme de la casa de la familia que me crio. No me arrepiento de haberme largado de allí. Esa gente me usaba como sirvienta. Y el patrón, ese que alardeaba de ser como un padre para mí, se metía en mi cuarto por las noches, solo para robarme la inocencia.

Al completar el formulario de ingreso, la joven madre pidió permiso para usar el baño.

—Es una emergencia —dijo, entregando a la bebé a la trabajadora social presente junto a la directora—. Sujétela, regreso enseguida.

Pasaron los minutos, y ambas mujeres comenzaron a inquietarse por la tardanza. Pronto comprendieron que la joven había huido sin dejar rastro. Al revisar a la recién nacida, notaron que le faltaba uno de sus botines. La madre se lo había llevado consigo, como único recuerdo de una hija a la que nunca volvería a ver.

***

Internada en Renace, el mundo de Mariana era ahora un cuarto de paredes pálidas y recuerdos que dolían. Esa mañana, el cielo tenía el mismo tono grisáceo; igual que sus pensamientos. Un gris espeso, estático, como si también el tiempo hubiera decidido no avanzar. La enfermera Trina avanzaba por el pasillo con paso firme. Sostenía un pequeño frasco con el hipnótico recetado y un vaso desechable con agua.

Se detuvo justo antes de entrar a la habitación 213. Consultó el expediente clínico.

—Con esto, duerme porque duerme —murmuró para sí.

Abrió la puerta y se encontró con Mariana de espaldas, de pie frente a la ventana, la mirada perdida en el horizonte tupido de árboles. A través del cristal empañado, el mundo parecía tan distante como los versos que ya no escribía. Mariana no se volteó, no saludó. Murmuraba algo apenas audible, moviendo levemente la cabeza de un lado a otro. Luego se llevó las manos al cabello, y en un gesto tierno, se acarició el vientre.

—Mariana, buenos días. Me dijeron que no pudiste dormir —dijo Trina con voz suave—; el doctor envió algo para ayudarte a descansar.

Mariana se mantuvo en silencio, solo pensaba y pensaba...

El sol se ha apagado para mí. Aquí los días no pasan, se arrastran. No hay versos, no hay musa, no hay luz. Solo esta fosa.

Se giró despacio y miró fijamente a Trina. Sus ojos, cargados de una tristeza antigua, se clavaron en los de la enfermera. Con la mano derecha, comenzó a enredarse el cabello, haciendo nudos con furia, como si en cada hebra pudiera arrancarse un mal recuerdo.

Rio. Una risa rota, desacompasada, casi burlona.

—¡Te parezco patética, ¿verdad? Mejor no contestes. Sé que lo soy. Pero déjame decirte algo; estoy viviendo una muerte lenta. Y tampoco soy una loca.

Trina, acostumbrada al dolor disfrazado de palabras, no respondió. Mariana volvió a girarse hacia la ventana.

Su silueta parecía más delgada, más frágil, como una rosa marchita cubierta de rocío ácido. Respiraba, solo porque no tenía otra opción. Era un cuerpo vivo, pero con el alma detenida en otra parte.

Trina se acercó y le posó una mano en el hombro, con una ternura que no parecía aprendida.

28

—Debes estar agotada, Mariana. Aquí tienes lo que el médico indicó. Te hará bien.

Al sentir el roce, Mariana dejó caer dos lágrimas silenciosas. Su piel tembló. Con los ojos enrojecidos, volvió a buscar los de Trina y, en un susurro que parecía venir desde el fondo de su pecho, preguntó:

—¿Qué hicieron con mi hijo? ¿Se lo llevó ese maldito diablo?

La enfermera, sorprendida, se mantuvo en silencio unos segundos. Luego preguntó con cautela:

—¿Quién se lo llevó, Mariana?

—Danilo.

Capítulo 5:
Danilo del Prado

No todo en la vida puede explicarse ni, mucho menos, comprenderse. Hay situaciones que simplemente forman parte de las travesuras del destino. Mariana, una y otra vez, se preguntaba por qué, o para qué, había vivido lo que vivió con Danilo. Se casó profundamente enamorada, con un amor tan intenso que le nublaba el juicio. Nunca imaginó que aquel hombre de ojos azules, que le evocaban las primaveras; se convertiría en su verdugo.

Danilo del Prado era hijo único y heredero de una familia distinguida de Madrid. Refinado y bien educado, aunque en ocasiones dejaba entrever una arrogancia difícil de disimular. Gracias a las influencias de su padre, Nicolás del Prado, dueño del emporio La Roca, empresa dedicada a la exportación de piedras preciosas en Europa, Danilo se movía entre círculos de poderosos e intocables.

Su padre, cada vez más impaciente por verlo encarrilado, no dudaba en hacérselo saber:

—Hijo, tú me preocupas, porque me estoy haciendo viejo y no tengo sucesor. Tu madre está delicada de salud. Siempre andas de marcha con gente rara... ¡Ostras! Ya deberías haber terminado la universidad.

Acorralado por las expectativas familiares, Danilo renunció a su sueño de ser actor y se matriculó en finanzas. Poseía el don de la seducción; y su físico no hacía más que potenciarlo: alto, de cuerpo atlético, cabello negro; con un llamativo mechón blanco sobre la frente, y unos intensos ojos azul cobalto que hacían suspirar a cualquiera. Era, sin lugar a duda, arrolladoramente atractivo.

Corría el mes de septiembre, y una tarde seminublada envolvía el campus con una luz suave. Danilo vio por primera vez a Mariana mientras ella estaba sentada en un banco amarillo, ubicado bajo la sombra de un olmo, frente a la biblioteca de la universidad. Una brisa ligera le movía el cabello mientras repasaba las notas de la clase de literatura.

Al cruzar sus miradas, el madrileño se perdió en el verde olivo de sus ojos. Le pareció muy guapa.

—Hola. Tía, no lo niegues, te pillé echándome el ojo. Soy Danilo, y por si acaso, no uso tinte; es un lunar blanco —dijo, señalando el mechón en su cabello.

Ella soltó una carcajada.

—Reconozco que es muy original tu forma de presentarse. Aunque debo admitir que ese lunar te hace repulsivamente encantador.

—Pues yo debo admitir que ese cantadito tuyo al hablar te hace insoportablemente atractiva —respondió, refiriéndose a su acento extranjero.

La espontaneidad de la puertorriqueña lo cautivó. Notó que era una chica sencilla: zapatillas desgastadas, aretes pequeños y apenas maquillaje. Era tan diferente a las amigas con las que solía compartir, esas que lo aburrían alardeando de coches, diseñadores, y viajes. La extranjera se convirtió en un reto para él. Cada vez que se cruzaba con Mariana por algún pasillo de la facultad, la observaba de arriba a abajo. Ella recién llegaba a Madrid por un intercambio entre universidades. Necesitaba poner distancia a la tristeza. Llegó sola, cargando una maleta gris antigua con cerraduras de metal en la parte superior. La llenó de esperanzas y del sueño de convertirse en escritora. "Si no escribo, muero", pensaba. También trajo consigo el recuerdo de sus viejitos, el único amor sincero que conoció. "Ellos vivirán en mí", fue lo que pensó cuando el avión aterrizó en suelo madrileño.

Los padres adoptivos de Mariana, Vicente Salgado y Leonor Lebrón, fueron una pareja de campesinos humildes que la criaron con amor y dedicación. Vicente, dueño de un pequeño colmado, era respetado por su comunidad, mientras que Leonor, costurera de carácter fuerte, anhelaba ser madre. Al no poder tener hijos biológicos, decidieron adoptar a Mariana cuando apenas tenía tres meses, brindándole un hogar lleno de cariño y valores. Aunque vivieron modestamente, ahorraron para asegurarle una educación universitaria. Tras la muerte de Vicente y, un año después, la de Leonor, Mariana conservó el recuerdo de sus padres adoptivos como un legado de amor incondicional.

Poco a poco, Mariana se fue adaptando a la vida universitaria en Madrid. Sus días transcurrían entre las clases, la biblioteca y un pequeño piso alquilado en uno de los barrios del centro. Era de una sola habitación, y con un balconcito; donde colocó tres tiestos de tulipanes rojos que regaba cada tarde. No se animaba a hacer vida social; no se ubicaba del todo. Aunque Madrid le fascinaba por ser una de las ciudades más cosmopolitas del mundo, extrañaba el campo donde creció, el canto del coquí y el aroma del café recién colado. "Despierta, muchacha, ya amaneció", solía decirle doña Leonor, mientras le entregaba la taza de metal.

A sus compañeras de clase les encantaba salir de marcha, disfrutar de las noches madrileñas, las tapas, los vinos, los clubes, la rumba:

—Vamos, que la vida es corta.

—¡Venga, chavala, anímate!

—Tía, anoche la pasamos de puta madre.

Eran las constantes invitaciones. Mariana siempre respondía lo mismo:

—Diviértanse por mí.

La realidad es que, además de sentirse fuera de lugar, no era precisamente el dinero lo que le sobraba.

Durante ese tiempo, Danilo no le quitaba el ojo de encima. Mariana sabía que le gustaba, pero no le daba importancia. Había escuchado de su fama de fiestero, noviero, y de que venía de familia adinerada. "Sería iluso pensar que me tomaría en serio", se decía. Danilo, sin embargo, buscaba cualquier excusa para coincidir con ella: en los pasillos, en la biblioteca, en la cafetería. Desde otras mesas le hacía guillos, pero ella lo evadía. Le sonreía por cortesía, terminaba de comer y se marchaba a clases.

Hasta que una tarde todas las mesas de la cafetería estaban ocupadas. Danilo notó que junto a Mariana quedaba una silla libre. Lo tenía planeado. Había estado averiguando sobre ella a través de sus compañeras de clase. Quería conocerla de verdad. "Ahora es mi oportunidad", pensó.

—Hasta que me decidí a invitarte a salir. ¿Qué dices, maja? ¿Te animas esta noche? —le dijo, tocándole suavemente el hombro mientras se sentaba a su lado.

—Si no fuera por lo mal que me caes... —respondió, acomodándose la cola del cabello y sonriéndole.

—Tu evidente coquetería me hace pensar que me dirás que sí.

Ella lo miró, y durante un instante su sonrisa pareció sincera. Pero de inmediato desvió la vista, como si escuchara algo lejano, imperceptible para los demás. Afuera lloviznaba, y las gotas golpeaban los cristales con una cadencia irregular que la inquietó.

—Veremos —murmuró, sin mirarlo directamente.

Danilo sonrió sin notar el leve temblor en los dedos de Mariana, ni el destello extraño en sus ojos. Y así, sin saberlo del todo, Mariana dio su primer paso hacia una historia que no estaba escrita para ser feliz. Una historia que, con el tiempo, nadie pudo decir si fue real; o solo una construcción peligrosa de su mente. Porque hay amores que iluminan, y hay otros que solo encienden las sombras.

Capítulo 6:
La conquista

Diciembre se asomaba, y la Gran Vía resplandecía con un esplendor milenario. Las luces navideñas transformaban la avenida en un jardín de invierno, con flores de pascua, acebos y muérdagos iluminados que colgaban desde Plaza de España, hasta Cibeles. Las cadenetas y los cerezos de luz teñían el cielo de un tono morado, envolviendo la ciudad en un aura de misticismo, sensualidad y necromancia.

Danilo pasó a recoger a Mariana, decidido a mostrarle cómo se vivían las noches madrileñas durante la Navidad. Tras estacionar el coche, optaron por caminar. El clima fresco los invitaba a mantenerse cerca. Ella observaba todo con asombro, sintiendo que Madrid era el lugar donde se habían inventado todas las fiestas del mundo.

—Pareces una niña con una muñeca nueva.

—¿Por qué lo dices?

—Por ese brillo en tus ojos.

—Aquí se respira alegría. Uff, hace frío.

Danilo, aprovechó el comentario para pasarle el brazo por encima del hombro.

A Mariana no le desagradó el gesto. Se quedó observando sus labios, imaginando cómo sería besarlos. Danilo despertaba en ella sensaciones nuevas. A sus dieciocho años, nunca había tenido novio, ni la habían besado; y era virgen. Aunque no le faltaban pretendientes, gracias a su belleza y esos ojos verdes que parecían esmeraldas, siempre se había enfocado en sus estudios.

Danilo continuaba mostrándole la ciudad, y ella, embelesada, lo imaginaba de muchas formas...

—Voy a llevarte a la calle Cava Baja, es una pasada.

—¿Y eso qué quiere decir?

—Que vas a flipar. Para algunos madrileños, como mi padre, es tradición visitar esa calle los domingos. Siempre elige un restaurante diferente, se toma un vermut y disfruta de un cocido madrileño.

—¿Me estás escuchando? —notó que Mariana estaba absorta.

—Sí, el chino madrileño.

—¿Qué chino ni qué chino, joder? Tú y yo nos vamos de botellón.

—Tengo una mala noticia: no tomo alcohol.

—Y yo te doy la buena: hoy aprenderás —le aseguró, con la misma convicción de que el sol sale todos los días.

Apresuraron el paso por la avenida hasta llegar a la calle famosa por sus bares y restaurantes. Al llegar a la concurrida vía, repleta de locales y turistas, Danilo se detuvo frente a La Rumba, su bar favorito: una taberna con paredes de ladrillo, mesas de colores vivos y una barra en el segundo nivel. De vez en cuando tocaba en vivo algún grupo de pop, y se ofrecían exquisitas tapas: tortilla, croquetas, y la ensaladilla de Manero, la especialidad de la casa.

Cuando estuvieron frente al local, Danilo la tomó de la cintura.

—Estamos de suerte, hay música. Vamos, te va a encantar —le dijo, abriéndole la puerta.

Mariana lo siguió. Apenas entraron, varias miradas se volvieron hacia ellos. Ella no necesitaba adornos, tenía una elegancia innata: llevaba el cabello suelto, un abrigo blanco, una bufanda roja y vaqueros gastados. Danilo, en cambio, vestía ropa de marca; parecía un modelo recién salido de una revista.

Varias chicas murmuraban entre ellas:

—Es la primera vez que trae a alguien de la mano.

—¿Será la novia?

—Qué va, a Danilo no lo atrapan.

Algunos chicos comentaban con otra intención:

—Está de puta madre, la nueva conquista de Danilo.

—Ostras, no soy un perro, pero guau.

—Por tentaciones así, uno peca sin culpa.

Danilo reconoció algunas caras y saludó con la mano sin detenerse. Caminaron hacia las escaleras para subir al segundo nivel; justo cuando bajaba Sofí, una examiguita.

—Guapo, con lo bien que nos conocemos, ¿y ni saludas? —dijo con sarcasmo.

Danilo hizo un gesto como si no la hubiera oído, escudándose en la música, y siguieron subiendo.

Al notar que Mariana fruncía el ceño, él aclaró:

—Se lo tomó muy personal, salimos solo una vez —se encogió de hombros.

—Eres todo un Casanova.

—¡Por favor! Está convulsionando de la envidia y por la borrachera que lleva encima.

Danilo desplegó su encanto. Le acomodó la silla, le tomó la cartera, y poco a poco se acercó para correrle el cabello detrás de las orejas.

—Te tapa ese rostro hermoso —susurró.

Luego se pasó la mano por la frente dejando a la vista el mechón blanco. Clavó la mirada en ella con tanta intensidad que Mariana se estremeció. "Me eriza toda", fue lo que pensó. Pidieron dos cañas. Conversaron sobre sus gustos, bromearon, comenzaron a soltarse. Mariana se emocionó hablándole de su tierra, de la gente, la comida, las playas y el contraste de verdes intensos que vestía a los mogotes.

—En Puerto Rico tenemos las Navidades más largas del mundo —le aseguró.

Como no estaba acostumbrada al alcohol, la cerveza pronto se le subió a la cabeza. Y sin filtro le soltó:

—Sé que te gusto, y tú también me gustas; pero me enteré de cosas.

—Ajá. ¿Y de qué te enteraste? No soy tan malo —le respondió Danilo, mordiéndose el labio inferior.

—Que eres rico, muy codiciado, ah, y que tienes el ojo alegre.

—¿Ojo alegre? —Danilo disimuló las ganas de reír.

—Que te gusta mirar a todas las chicas. Además, yo soy humilde, vivo con poco, soy huérfana y extranjera. Sabrás que esas parejas solo funcionan en las películas.

Danilo estalló de risa.

—¡Joder, tía! Demasiado directa, y seductora. Sabrás que yo también investigué cosas sobre ti, y la verdad es que solo me importas tú. Vamos a bailar. Y no me digas que no bailas, porque esa no me la creo —dijo sin darle tregua.

Mariana aceptó. ¿Qué otra cosa podía hacer?

Danilo notó que le sudaba la mano mientras la llevaba a la pista. Sonaba una canción de un grupo británico famoso por sus fusiones innovadoras y su nombre con guiño real: *Queen*. La atrajo hacia sí, y ambos sintieron el calor del otro. Cerró los ojos y le susurró la melodía al oído: "I want to break free". Mariana se dejó llevar por el ritmo y las sensaciones que recorrían su cuerpo; le observó las manos, entrelazaron sus dedos, y se humedeció.

Como un perfecto adulador, supo exactamente qué botones tocar para hacerla sentir especial.

—Quiero ser libre, eso significa la estrofa —le murmuró al oído.

—Lo sé —respondió ella, extasiada.

Bailaban cuerpo a cuerpo. "Que me bese ya", pensó ella. Danilo, acostumbrado a los juegos seductores, la besó en el cuello. Al terminar la música, reconoció a dos amigos al final de la barra que le hacían señas con las manos. "No puedo ahora", murmuró entre dientes. El "buscapersonas" en su bolsillo vibraba constantemente; pero no podía leer el mensaje estando con Mariana.

Ella notó su tensión.

—¿Todo bien?

—Mejor no puede estar. Salgamos de aquí, hay mucho ruido, tía.

Caminaron por la calle abrazados, intercambiando miradas seductoras que, sin palabras, lo decían todo. Durante el trayecto, la luz roja de un semáforo los detuvo.

40

Las calles comenzaban a despejarse. Danilo le colocó la mano detrás de la nuca, entrelazando los dedos en su cabello para acariciarla. Cambió la luz y avanzaron en silencio hasta llegar.

Danilo detuvo el coche frente al edificio. Ambos se desabrocharon los cinturones, y él descendió para abrirle la puerta con una sonrisa que ocultaba secretos.

—Me encantó conocerte un poco más —dijo, atrayéndola suavemente hacia él.

—¿Qué haces? —preguntó Mariana, sintiendo el corazón latiéndole con fuerza.

—No estoy pidiéndote permiso —susurró antes de besarla.

Fue el primer beso de Mariana. Danilo la besaba con una mezcla de ternura y deseo, enseñándole el arte del beso con cada caricia de sus labios.

—Quiero besarte hasta descubrir el sabor de tus sueños —le dijo mordisqueando suavemente sus labios.

"Que no se vaya", pensó ella.

—Te prometo que nuestra historia no termina aquí —añadió él, besándola en la nariz antes de regresar al coche.

Antes de arrancar, bajó la ventanilla y le lanzó un beso que ella atrapó en el aire, sonriendo. Mariana entró al edificio con las emociones revoloteándole en la piel. Al llegar a su apartamento, dejó caer su bolso sobre la cama y se dirigió al baño. El agua de la ducha no logró calmar la agitación que sentía. El recuerdo del aliento de Danilo en su boca la mantenía en un estado de excitación desconocido. Se revolvía en la cama, incapaz de encontrar consuelo. Sin darse cuenta, sus manos exploraron su cuerpo, sus piernas; buscando aliviar el deseo que la consumía. "Si estuvieras aquí", susurró antes de quedarse dormida.

Mientras tanto, Danilo sacó el "buscapersonas" del bolsillo. En la pequeña pantalla leyó el mensaje que había estado ignorando: "Te estamos esperando con todo lo que te gusta". Se le tensó la mandíbula. Miró hacia ambos lados, como si temiera ser observado, y deslizó el aparato de vuelta al bolsillo interior de su chaqueta. Nadie lo sabía, pero esa noche Danilo no tenía intenciones de volver a casa.

Capítulo 7:
Lunática

El aire en la habitación 213 cambió ante las insistentes preguntas que Mariana le hizo a Trina. La enfermera se quedó inmóvil; sintió una presión en el pecho, era una inquietud que no sabía si nacía del tono de la paciente; o de algo que había mencionado Sandro. Mariana caminaba en círculos, primero con ansiedad, luego con un frenesí contenido. Se rascaba la cabeza como si algo invisible la persiguiera por dentro, lloraba sin lágrimas y de pronto, entre sollozos, comenzó a cantar:

—Duérmase, mi niño, duérmase mi sol, duérmase tranquilo que lo cuido yo.

La melodía se fue apagando mientras caía de rodillas, abrazándose a sí misma como si intentara proteger algo que ya no estaba. Trina sintió compasión, sí, pero también algo parecido al miedo. No sabía si lo que estaba presenciando era locura, teatro, o una verdad que la medicina no comprendía. "No sé si estoy viendo a una enferma; o a una sobreviviente", pensó.

En lugar de llamar refuerzos, como dictaba el protocolo, Trina eligió lo que su intuición le pedía. Se le acercó con cautela, le acarició la cabeza como si fuera una flor a punto de marchitarse. Mariana se dejó guiar hasta la cama, sus pasos lentos, casi ceremoniales, hacían silencio.

—Debes tomar tu medicamento. Te ayudará a descansar —dijo la enfermera.

Mariana tembló antes de aceptar. Tragó, y luego habló.

—Gracias. Señorita, estoy harta de que intenten anestesiarme la tristeza. ¿Cómo te llamas?

—Trina.

—Me gusta tu nombre. Sabes, hablar es lo único que necesito. Sostener la mano de alguien. Llorar sin que me llamen loca.

En ese momento, su mirada era limpia, lúcida. Tan humana que dolía. Trina vio en ella algo conocido, una herida vieja, parecida a la suya.

—¿Tienes hijos? —preguntó Mariana.

—No. Me gustan los niños, pero no he tenido suerte en el amor —respondió Trina, encogiéndose de hombros.

—A mí me lo arrancaron —dijo Mariana, casi sin voz—, y te juro que eso... eso es lo peor que puede vivir una mujer. Es como si te arrancaran el alma a tiras. Desde entonces, camino a medias. Lo veo en mis sueños, y solo ahí.

Hizo un gesto extraño con las manos, como si moldeara el recuerdo en el aire.

—Vine a Madrid por un intercambio de universidades —continuó—, quería escribir, y lo hubiera logrado si no hubiese ido a aquella maldita cena de Nochebuena.

Se quedó en silencio unos segundos. Luego se volvió hacia Trina con súplica:

—Ayúdame. Consígueme papel, un lápiz. Déjame escribir o... buscaré otra forma de salir de esto.

En sus ojos había algo distinto. Algo que se estaba apagando.

—¡No me mires así! ¡No soy una loca! —gritó de pronto—, si no me crees, pregúntale al gavilán; y a Maca. Ellos lo vieron todo. Pregúntale; pregúntale, Trina.

Escupió la pastilla que había escondido bajo la lengua y comenzó a agitarse. La enfermera retrocedió, desconcertada.

—No te entiendo. ¿Quién es Maca?

—¡No lo entiendes porque estás ciega! Maca es mi mejor amiga. Y te digo más, cuando llegué aquí, el médico de los muertos me inyectó algo. ¡Por orden del monstruo! Fueron ellos; los hijos de la oscuridad. ¡Los ángeles caídos! Ellos me trajeron aquí... ¡MACARENA! ¡Maca! ¡Tú me lo advertiste!

Y entonces, como una llama que se apaga de golpe, Mariana se dejó caer sobre la cama. Trina no sabía si lo que había presenciado era delirio, verdad, o una grieta por donde se colaba algo que no estaba en los libros de medicina. Trina, que intentaba mantener la empatía, no logró controlar la situación. Mariana gritaba con ecos interminables. La enfermera, temiendo ser agredida, activó el protocolo de emergencias. Sandro, que se encontraba cerca, irrumpió en la habitación para asistirla.

A esa misma hora, la enfermera Valeria llegaba al hospital. Tomó el elevador hasta el segundo piso. Mientras subía, movía con ansiedad la pierna derecha; una de sus manías más evidentes.

Al salir, escuchó el alboroto proveniente del pasillo y se dirigió al centro de enfermería para investigar.

—Por ahí viene La Cobra con mala cara —murmuró una de las auxiliares.

—¿Alguien puede explicarme de dónde vienen esos gritos? —preguntó Valeria, alzando una ceja.

—De la habitación 213 —le informaron.

"Lo que me faltaba. Loquita, más te vale quedarte calladita por tu bien", pensó Valeria sin dejar de mover la pierna derecha.

46

Sandro y Trina lograron neutralizar a Mariana. Presentaba los síntomas de un ataque grave de ansiedad. Por órdenes del psiquiatra, le inyectaron un calmante de alta potencia que la dejó profundamente dormida. Mientras tanto, Valeria se dedicó a reconstruir los hechos ocurridos en la habitación 213. Luego, se encaminó con paso firme hacia la oficina del doctor Fermín. No le preguntó nada a la secretaria, tampoco tocó la puerta. Entró sin más.

Apenas dentro, le habló con voz agitada:

—La lunática está hablando —anunció, sin dejar de mover compulsivamente la pierna.

El psiquiatra se quitó los espejuelos de leer y la escaneó de arriba a abajo, con calma calculada.

—A ver, Valeria, ¿cuál de tantas lunáticas? Ya sabes que aquí tenemos unas cuantas.

—No te hagas el chistoso. Sabes muy bien que hablo de la Mariana —le respondió, visiblemente mortificada.

—Sí, me informaron desde enfermería. Ordené que le aplicaran un sedante.

—No creo que eso sea suficiente.

—¡Joder! ¿Y desde cuándo eres psiquiatra?

—Solo digo que deberías hacer algo más drástico para asustarla. Podría levantar sospechas. Electrochoque, por ejemplo.

—Definitivamente, la loca aquí eres tú. Imposible. Mariana está demasiado frágil. ¿Y si se muere? Habría investigaciones. La reputación del hospital quedaría hecha trizas. Además, con la pasta que recibo por mantenerla aquí; y que comparto contigo, no estoy dispuesto a perderla —concluyó, tajante.

Entonces se le acercó. Le excitaba ver cómo se le dibujaban los senos bajo el uniforme ajustado. Le respiró con deseo sobre el cuello.

—Ven acá. Vamos a tranquilizarnos.

A esa hora de la mañana, el doctor llegaba con las testosteronas en plena ebullición. Se encerraron en la oficina. Valeria, experta en calmarle las tensiones, sabía exactamente qué hacer. Antes de encontrar una solución para el problema con Mariana, se entretuvieron con sus juegos eróticos.

—Sobre el escritorio —sugirió el distinguido director.

Ella le hizo lo que mejor sabía con la boca, luego lo sumergió entre sus piernas. En pocos minutos, el revolcón llegó a su fin.

El doctor, abrochándose la cremallera del pantalón, retomó la conversación.

—Ahora puedo pensar con claridad —se echó a reír, divertido—. Mi amor, sabes que siempre hago lo que me pides, sin embargo, esta vez no puedo. Esa pobre infeliz, por más historias que elucubre, está fuera de servicio. Y aparte, no deseo añadirle más fantasmas a mi conciencia.

Valeria lo miraba con el ceño fruncido, como si acabara de tragarse un limón agrio. "¿Y desde cuándo tienes conciencia tú?", pensó.

Entonces al doctor Fermín se le iluminó el rostro con una idea.

—Háblame de esa enfermerita, la que es afín con Mariana. Me informaron que estaba con ella durante la crisis.

—Es la nueva, Trina. Mexicana. Está en el centro de enfermería del segundo piso. Creo que le dijo varias necedades; que necesitaba escribir para desahogarse, que si no lo hacía se iba a suicidar, qué sé yo. Por mí, que se compre un pasaje directo al infierno.

48

Fermín ignoró la actitud ácida de Valeria y se quedó meditando por unos segundos, frotándose la barbilla con lentitud.

—Valeria, usa el raciocinio. No nos conviene tener a Mariana de crisis en crisis. Recuerda que se quedará aquí por tiempo indefinido. Y tú sabes por qué.

Ella asintió con una mueca forzada. Claro que sabía.

—Si le agrada Trina, permitiré que la atienda con más frecuencia. Total, si llega a decirle algo, cualquiera pensará que lo que suelta son simples desvaríos. Nadie le va a creer. Es más, puede que hasta nos sirva de válvula de escape. Como cuando dejas una olla a presión con la tapa floja.

Valeria entrecerró los ojos, calculando.

—¿Y si Trina se pasa de lista?

—Entonces tú sabrás cómo manejarla —dijo él, sonriendo con cinismo—, siempre lo haces muy bien.

Ella sostuvo la mirada, firme, aunque por dentro se removía una incomodidad que no terminaba de reconocer. No le gustaba cómo sonaba aquello. Pero por ahora, lo dejaría pasar.

—Está bien —cedió, finalmente—, pero si esa imbécil se convierte en un problema, te lo advertí.

Fermín se levantó, recogió sus lentes y se los colocó con parsimonia.

—Tú solo asegúrate de que Mariana no se nos salga del guion. Y si Trina puede ayudar, mejor.

Luego caminó hacia la ventana y se quedó mirando el paisaje con las manos en los bolsillos, como si lo que acababa de decir fuese tan trivial como comentar el clima.

***

La noche del sábado, Sandro y Odette quedaron para ir al estreno de una película. Mientras la esperaba frente al teatro, el enfermero encendió un cigarrillo. Exhalaba el humo lentamente, absorto en lo que Trina le había contado durante la crisis de Mariana.

"Lo que pasa con esa paciente no es normal. El expediente, los tratamientos, nadie la visita. Qué va, colorín colorado, ese misterio lo descubro yo", pensaba mientras observaba el movimiento de la calle. Entonces la vio. Odette estaba en la fila para comprar los boletos. Su cabello rojizo captaba la luz de los faroles, y sus caderas se movían con una cadencia que no pasaba inadvertida.

Sandro tiró la colilla al suelo, la aplastó con la punta del zapato y caminó hacia ella con paso seguro.

—Llegas tarde —le susurró Sandro.

El joven enfermero, alto, de dentadura perfecta y con unos hoyuelos que derretían a más de una en el hospital Renace, sabía bien cómo usar sus encantos. Y esa noche no era la excepción.

Después del estreno salieron a caminar bajo un cielo que empezaba a llenarse de estrellas.

—¿Y ahora qué? —preguntó él, con tono zalamero, deseando prolongar el encuentro.

Odette, con su humor negro tan característico, respondió con una sonrisita perturbadora.

—¿Cómo que ahora qué? Usted para su casa... y yo para la mía.

50

Sandro soltó una carcajada breve, pero ella no lo imitó. Lo observó en silencio. Había algo en su mirada; una mezcla de deseo y resentimiento, que lo incomodó por un instante. De algún modo, el cubano había logrado despertarle los sentimientos. Y eso la descolocaba. Odette apenas tenía tiempo para una vida social. Al quedar viuda, también quedó sin ingresos, y ahora cuidaba a su padre enfermo. Aunque Sandro la apreciaba, lo que buscaba en ella era solo piel. Sus pensamientos, su deseo, su curiosidad, estaban puestos en Trina, aunque tal vez ni él mismo lo admitía del todo.

Los celos la carcomían. Desde que supo, por algunas amigas, del oscuro pasado de Trina, no podía sacárselo de la cabeza. "Si supieras las cosas que supe de esa mujer. Sandro, ella no puede hacerte feliz. Pero yo sí. Yo sí puedo", pensó mientras caminaban.

Al llegar a su casa, se quitó los tacones con rabia contenida. Abrió su bolso para buscar las llaves, pero lo que sacó fue una fotografía arrugada. La miró durante unos segundos. Sus dedos temblaron apenas. Luego la guardó de nuevo, como quien esconde una bomba que aún no ha decidido detonar.

Capítulo 8:
Rutinas

La primera luz del amanecer se filtraba como un suspiro rosado por los ventanales del "Palacete de los Locos", un nombre que los empleados usaban entre dientes, mitad en broma, mitad con resignación. Era lunes. En Renace, los pasillos cobraban vida temprano: voces, pasos, café recalentado. El protocolo era riguroso, pero el alma del lugar siempre estaba en manos de los que lo habitaban.

Trina había pasado la noche de guardia. Se encontraba en la cocina del segundo piso, fregando su termo de café con movimientos lentos, casi automáticos, cuando escuchó la voz de Sandro detrás de ella.

—Buenos días. ¿Adivinas qué estoy escribiendo?

—Sandrito, tú siempre tan positivo —bostezó—, estoy de retirada, cayéndome de sueño. ¿Qué escribes?

—Un libro sobre las maravillas del mundo. Y estás en la lista —le plantó un beso en la mejilla—, espérate, son dos besos.

—Eres tremendo —le dijo, divertida—. Oye, me dijiste que saldrías con Odette este fin de semana.

—Mueres de celos.

—Chico, ponte serio. ¿Averiguaste algo más sobre Mariana?

—Sí, salimos. Pero la encontré rarísima. Fíjate que le insinué hacerle las cositas que le gustan y... nada. Lo único que me comentó fue algo que escuchó en la oficina de administración. Al parecer, Valeria se puso a decir, en voz alta, que los enfermeros deben limitarse a trabajar, no meterse en líos ni andar de preguntones con los pacientes. Y que, si se entera de algo, pedirá que se les envíe un memorándum para que conste en su expediente laboral.

—De esa pinche mujer ya me espero cualquier cosa. Mejor me voy a descansar.

En otro sector del hospital, donde los pacientes en mejor estado se reunían para las terapias grupales, llegaron las primeras: "Las Mellizas". Dos mujeres en sus cuarentas que se conocieron dentro de los muros del psiquiátrico y adoptaron ese nombre. No eran hermanas, ni amigas, ni siquiera conocidas; pero al mirarse por primera vez, algo inefable las unió. Desde ese momento, comenzaron a imitarse en todo. Hablaban con un tono aniñado, con una afectación que solo ellas entendían, y afirmaban tener el mismo marido, aunque ninguna de las dos estuviera casada.

Poco después, llegó Nanette. Una adolescente que cargaba sobre sí el peso de una condición ninfómana, escoltada por una enfermera. La advertencia era clara: "No se le acerque ningún varón". El tratamiento estaba funcionando lentamente, y la visita reciente de su madre había logrado mejorar un poco su ánimo. La madre, una reconocida abogada, divorciada, cuya vida se desmoronaba entre los papeles de su escritorio, le relató al personal:

—No puedo vigilarla. Mi familia vive en otro pueblo y los tratamientos médicos no están sirviendo. Al principio era solo un problema menor, pero hubo veces en las que, al regresar de la oficina, veía dos autos estacionados frente a mi casa, esperando turno para aprovecharse de mi hija. Una tarde, vi a un hombre mayor manoseándola, y fue ahí cuando tomé la difícil decisión de internarla.

Así llegaba Renace, con las historias de cada uno marcando su paso.

Otro de los pacientes, don Paco, apodado "el loco de la rodilla", también llegó esa tarde, y cuando lo vieron entrar, dos enfermeras no pudieron evitar murmurar entre ellas:

—Menos mal que hoy terminamos antes de las tres de la tarde. Si no, comenzará con sus gritos, que la rodilla, que el dolor... Y no parará hasta que todos estemos enloquecidos.

Don Paco, viudo desde hacía años, había amasado una fortuna que, en su vejez, solo beneficiaba a sus dos hijos varones. Había combatido en la guerra civil, una guerra que no solo marcó su cuerpo, sino que destrozó su alma. Su vida antes de llegar al hospital transcurría en su hacienda, una mansión amarilla, apartada de la ciudad. Ninguno de sus hijos quiso ocuparse de él. A menudo, se le veía en la tarde, en el corredor, recostado en una esquina, sollozando y gritando sobre la guerra:

—¡La lucha de clases! Los pobres contra los ricos, los musulmanes contra los católicos, los marroquíes versus los españoles. ¡Los nacionalismos enfrentados! ¡Maldita sea!

Con el paso del tiempo, la edad fue cobrando su tributo, y los recuerdos del pasado, dolorosos y febrilmente vivos, comenzaron a destrozar su mente. La viudez aceleró aún más su deterioro. Sus hijos, casados con mujeres de alta sociedad, se desentendieron de él. Fueron ellas quienes gestionaron su ingreso en Renace. Un día, bajo el calor abrasante del verano, mientras don Paco disfrutaba de su habitual taza de café, vio acercarse una ambulancia sobre el asfalto derretido. Las ruedas crujían al rozar la brea caliente, y un premonitorio escalofrío le recorrió la espalda. El reloj marcaba las tres de la tarde. Cuentan que, durante el forcejeo con los enfermeros que trataban de subirlo a la ambulancia, sufrió un golpe en una de las rodillas. Desde ese momento, comenzó a quejarse incesantemente. Gritaba angustiado; como si tuviera clavos incrustados en su rodilla; y no hay día que pase sin que el dolor parezca ser el único presente en su mente.

En las semanas siguientes en Renace, Valeria reflexionó sobre la idea que su jefe-amante había sugerido para tranquilizar a Mariana, y decidieron hacer una tregua. "La Cobra" no se había ganado el apodo por ser tonta; su astucia era infinita. No entrar en pérdidas por el dinero que recibían por mantener a Mariana en el hospital era esencial. La empleada, con aires de jefa, pasó largos momentos en la oficina a puertas cerradas con el director. Cuando finalmente salió, llevaba un documento en las manos. Mientras caminaba hacia las oficinas de administración, se arregló el cabello, ajustó un botón del uniforme, y el roce de sus dedos sobre el papel le pareció extraño. Pensó en el papel como si fuera Mariana misma, y sintió el impulso de estrujarlo: "Esa infeliz es mi amuleto de la suerte para darme mis lujos. Nada se pierde si la despatriada de Trina la atiende más seguido. Que se entretenga con sus malditos garabatos y no levante sospechas. Soy capaz de liquidarla antes de caer en desgracia por culpa de una loca". Por orden del director, Mariana obtuvo permiso para escribir bajo la supervisión de Trina. La enfermera sentía una curiosa afinidad con ella: ambas marcadas por historias de abandono, atrapadas en un tiempo que parecía diluirse.

Entre las demás enfermeras, la inquietud crecía como sombra alargada. Nadie sabía con certeza qué había detrás de Mariana, pero todas tenían teorías:

—Me he dado cuenta de que la paciente de la habitación 213 a veces parece lúcida y otras, totalmente enajenada.

—¡Joder, yo también lo noté! Es como si cambiara de piel.

—Escuché que no tienen un diagnóstico claro, por eso sigue aquí.

—Yo creo que se hace la tonta, tiene algo raro en los ojos.

—Dicen que no tiene familia. ¿Será cierto?

—Déjense de gilipolleces. Lo que tiene esa mujer es un lío en la cabeza que ni te cuento.

El hermetismo que rodeaba a Mariana alimentaba todo tipo de suposiciones. Desde su ingreso, se hablaba de esquizofrenia, de trastorno bipolar, pero el expediente estaba lleno de contradicciones. A veces se pensaba que las dos condiciones compartían síntomas, lo que dificultaba la claridad. Y lo peor: no se podían hacer pruebas genéticas, ya que Mariana era vulnerable a la voluntad del doctor Fermín Villalobos. Nadie podía decir qué sucedía realmente con ella, y cada gesto, cada palabra, se convertía en un nuevo hilo del misterio.

Los días en Renace se deslizaron uno tras otro, mientras Mariana, casi sin darse cuenta, comenzó a ceder ante los consejos de Trina. Tomaba los medicamentos, o hacía creer que los tomaba, y aceptaba las pequeñas sugerencias de la enfermera. Muchos pacientes encontraban en los jardines un refugio para su pena; otros, en el mirador, donde el cielo parecía absorber sus pensamientos.

Una tarde, Trina se acercó con cautela, como quien ofrece un regalo a una criatura asustada:

—Te haría bien salir a tomar aire —dijo—, o, si prefieres, puedes visitar el mirador.

Mariana la miró, inmóvil, sopesando la oferta en una balanza invisible. Trina sacó un cuaderno de cuero azul grisáceo, que recordaba al cielo antes de la tormenta, y un lápiz sencillo pero firme:

—Quizás te gustaría escribir —le sugirió—, te han concedido el permiso. Y pensé que este cuaderno podría ser tu compañero.

El rostro de Mariana se iluminó de manera que parecía casi un milagro.

—¿Es para mí? —susurró.

—Sí. Además, tiene cerradura aquí arriba, para que guardes tus secretos.

Mariana sostuvo el cuaderno contra su pecho. Para ella, escribir era más que un pasatiempo: era una forma de permanecer viva, de atravesar los muros invisibles que la encerraban.

—¿Hay tulipanes en los jardines? —preguntó, con un destello de esperanza.

—De todos los colores —sonrió Trina.

Desde su ingreso, Mariana había olvidado cómo era sonreír. Esa tarde, bajo la luz dorada del otoño, una mueca débil pero genuina escapó de sus labios. Dos veces por semana, si el clima lo permitía, Mariana salía al jardín, se sentaba frente a la rosaleda y escribía. Cada palabra era una rebelión contra el olvido. Cada letra, una conquista sobre la tristeza.

Al cabo de varias semanas, mientras Trina conversaba a unos pasos, Mariana se levantó en silencio y caminó hacia los tulipanes. Se inclinó sobre ellos con delicadeza casi infantil, como quien se aproxima a un secreto.

Trina se acercó:

—¿Con quién hablas? —preguntó, rozándole el hombro con cuidado.

Mariana sonrió sin apartar la vista de las flores:

—Les cuento mis secretos. Acércate, ¿ves cómo me sonríen con sus dientitos? —guardó silencio—. ¿Y Maca? Hace tiempo que no sé de ella, la extraño. Tal vez... Tal vez se olvidó de mí.

Trina la observó unos segundos, incapaz de ocultar la mezcla de ternura y desvelo que la invadía. Sonrió, aunque internamente sentía una punzada: "Con lo bien que íbamos". Fue entonces cuando vio a Sandro, atendiendo a un anciano cerca del seto, y ligándole el trasero a una de las enfermeras. Le hizo una señal; él, con su sonrisa fácil, indicó que se acercaría enseguida.

Mariana, percibiendo el intercambio, susurró con picardía:

—Te sienta bien estar enamorada.

Trina soltó una risa breve.

—¿De Sandro? ¡Ojalá! Es la única alma buena que encontré aquí. Me devolvió la fe cuando más la necesitaba; pero no puedo corresponderle.

Justo en ese momento, Sandro llegó hasta ellas, lleno de su habitual energía:

57

—Trina, prepárate, porque lo que te voy a contar no te lo vas a creer.

—¿Qué pasó ahora? —preguntó ella, entre divertida y resignada.

—¡Ay, niña! Esta mañana en el salón de terapias casi se arma la de San Quintín.

58

—¿A los golpes? —Trina se alarmó, aunque ya adivinaba la historia insólita.

—¡Peor! —rio Sandro—, se pusieron a discutir porque cada una llamaba diferente a... Tú sabes, la parte femenina.

—¡No puede ser! —Trina llevó las manos a la boca entre carcajadas.

—¡Que si la cuca, la popola, la pámpana, la cuevita del amor, la concha, el coño! —Sandro enumeraba como una letanía—. ¡Te digo, un poquito más y me meten a mí también en el manicomio!

Trina abrió los ojos como platos, Mariana soltó una carcajada cristalina, y entre los tres, la risa brotó desbordada, sincera, como un bálsamo inesperado en medio de tantas heridas invisibles.

Capítulo 9:
Avances

El mundo avanzaba a pasos agigantados; Microsoft acababa de nacer en Norteamérica, y la humanidad caminaba hacia un futuro que prometía cambios sin precedentes. Sin embargo, Mariana permanecía atrapada dentro de un hospital, entre paredes blancas que absorbían el tiempo y el aire. No obstante, algo en ella también se movía, como si cada palabra escrita fuera un latido que devolvía luz a sus ojos verdes, apagados durante tanto tiempo. Su mirada comenzaba a brillar con la intensidad de pequeños astros, mientras la vida afuera seguía su curso impasible. El mundo soñaba con un porvenir luminoso, y Mariana, sin saberlo, se acercaba al principio de su propio renacer; y al umbral de lo desconocido que la aguardaba.

En la sala común de Renace, los pacientes se reunían como cada martes para la terapia grupal. Fue la primera vez que Mariana asistió. Sentada junto a una ventana empañada, se aferraba al cuaderno que le regaló Trina; su única armadura ante un mundo que la desconcertaba.

El doctor Villalobos entró puntual, con su libreta en mano y su mirada de bisturí.

—Buenos días a todos —dijo con voz suave, pero con un filo invisible—, hoy vamos a hablar del miedo.

El pecho de Mariana se encogió, no por el tema, sino por la forma en que él la miraba. Cada gesto suyo parecía medirla, atravesarla con los ojos. A veces le parecía que podía tocarla sin mover un dedo.

—Yo veo sombras —compartió un hombre de barba descuidada, al otro lado del círculo—, me despiertan por la noche y me dicen cosas.

Algunos pacientes asintieron; Las Mellizas rieron con nerviosismo. Mariana bajó la cabeza, recordando cuando lo escuchó murmurar que el mundo era un holograma; y que los muertos caminaban entre ellos por los pasillos.

Una mujer del grupo, con la boca manchada de lápiz labial, soltó una carcajada:

—¡Miren a la escritora! Siempre tan calladita, pero seguro escribe sobre nosotros. ¿Verdad que sí? ¡Nos espía!

La risa de los demás fue como una punzada. Mariana sintió cómo se le nublaba la vista. Tragó saliva.

—No me gusta este lugar —susurró para sí.

Fue entonces cuando notó algo frente a la puerta: dos figuras apenas perceptibles que se deslizaban entre la luz y la sombra. Parpadeó. "¿Serán fantasmas? ¿Pacientes escondidos, jugando a asustarme?", pensaba mientras su mente se aceleraba. El miedo se mezclaba con la duda. ¿Delirio o amenaza real?

—¿Decías algo, Mariana? —preguntó el doctor Fermín, sin apartarle los ojos.

—Nada. Solo... me duele la cabeza.

—¡Pero si la escritora habla! Yo pensaba que era muda —gritó el paciente de la barba sucia.

Mariana no se atrevió a mirarlo. Un escalofrío recorrió su espalda; aquel hombre le provocaba un miedo visceral. Lo recordaba atrapándolo en un gesto repulsivo; tocándose los genitales mientras la observaba con una mezcla de burla y malicia. Cada vez que lo veía, sentía que la amenaza se pegaba a su piel, invisible pero insoportablemente real. Volvió a mirar hacia la puerta y vio las dos figuras que se movían con lentitud, flotando entre luz y sombra. Su corazón se aceleró, la respiración se cortó. El cuaderno se convirtió en un escudo contra lo que fuera que estuviera allí, mientras la sensación de que alguien; o algo, la observaba crecía con cada segundo. Nadie más parecía notarlo, y eso hacía todo aún más aterrador.

Al día siguiente, la tarde traía un aire fresco. En los jardines del hospital, la brisa movía las ramas y acariciaba las ondas del cabello de Mariana, como si coreografiara una danza secreta. Trina repasaba con ella las rutinas, mientras Mariana, distraída, dejaba que sus ojos se perdieran entre los tulipanes. Como cuando se mira todo y a la vez nada.

De pronto, una paciente apareció en el jardín. Mariana, al no haberla visto antes, se inclinó hacia Trina con curiosidad.

—¿Es nueva? —preguntó.

—Sí, apenas lleva una semana. Se llama Lourdes, aunque la llaman Lourdes 90. Y ni tan señora; no llega a los veinticinco.

Mariana abrió los ojos con sorpresa.

—¿De verdad? Parece que ha tenido malas noches.

Y en efecto, las tuvo. De estatura mediana y cabello negro como la tinta, Lourdes llevaba en el entrecejo dos surcos profundos, cicatrices de una vida dura. Su madrastra la echó de casa al cumplir quince años, tras la muerte de su padre. Desde entonces, sobrevivió ejerciendo la prostitución, y se ganó el apodo de "Lourdes 90"; por los noventa hombres que decía haber tenido durante el tiempo en las calles. Sandro, que se enteraba de todo, supo que un cliente rico y viudo la había ingresado en Renace tras descubrir que había intentado lanzarse de un noveno piso; pagó el tratamiento por adelantado.

Trina aprovechaba esos momentos para acercarse a Mariana y hacerle la estancia más llevadera. Estaba convencida de que escribir era su salvavidas.

—Me intriga saber por qué te gusta tanto escribir.

—Desde niña. Mis padres adoptivos no podían viajar, así que me compraban libros, y yo viajaba a través de ellos. También escribía cuentos.

—¿Y alguna vez escribiste profesionalmente?

—El periódico de la universidad publicó varios de mis poemas y cuentos. Incluso gané algunos concursos. Algún día escribiré profesionalmente, y seré famosa.

—¿Y por qué no continuaste con los estudios?

—Porque Danilo amputó mis sueños —respondió Mariana con voz amarga—. No hay noche que no me arrepienta de haber cruzado esa puerta en Nochebuena.

Mariana desvió la mirada hacia el horizonte. Un escalofrío, como un eco antiguo, le recorrió el cuerpo. Y, como una marea inevitable, regresó el recuerdo de aquella Nochebuena...

***

Diciembre se dejaba seducir, y el heredero de la familia Del Prado, invitó a Mariana a la cena de Nochebuena en su casa. Danilo tocó dos veces antes de abrir la puerta del edificio. Mariana ya lo esperaba. Vestía un abrigo blanco con hilos dorados, una falda negra hasta media pierna, botas largas y una bufanda roja. El toque final; el labial rojo que contrastaba con la timidez de sus ojos.

—Estás preciosa —le dijo él, y ella bajó la mirada, insegura.

Él sonrió, y a ella se le desordenaron las ganas.

—Me encanta tu bufanda —le dijo antes de besarla en la boca.

—Es prestada, quiero causar una buena impresión en tu familia —confesó, bajando la voz.

—Les vas a encantar.

Durante el trayecto conversaron poco. Mariana parecía algo distante.

—Es una cena familiar —aclaró él—, tranquila. Solo mis padres, parientes, algunas amistades, primos; gente buena.

—No tengo problema con la gente buena —respondió ella, con una sonrisa forzada.

Que Danilo asistiera formalmente acompañado a la tradicional cena familiar sería una sorpresa para los Del Prado. Y el más complacido sería don Nicolás, su padre. La salud de su esposa lo tenía inquieto. Pensaba en mudarse a Suiza en busca de especialistas, lo que implicaba dejar la empresa en manos de Danilo. Aunque, a juzgar por su entusiasmo, el joven tenía otras prioridades.

Durante el camino, Mariana jugueteaba con el cabello, cruzaba y descruzaba las piernas. Danilo, notándolo, soltó una mano del volante y le tomó la suya.

—Todo estará bien.

Ella sonrió, pero su mente no dejaba de zumbar: "¿Y si no encajo? ¿Y si notan que soy extranjera? ¿Que soy humilde y sola?". Se obligó a mirar por la ventanilla. Las urbanizaciones de lujo surgían entre la maraña de la ciudad: "Es un mundo al que nunca pertenecí".

La entrada a Casa Prado era un espectáculo en sí misma: pinos altísimos escoltando el camino, árboles de Navidad gigantes iluminados con luces blancas. Todo parecía perfecto. Intimidante.

Danilo se bajó y le abrió la puerta con una sonrisa.

—¡Santísimo! Aquí el lujo ofende —soltó Mariana, dejando escapar una carcajada nerviosa.

Danilo se rio con ella, le tendió la mano y la besó en el aire.

El vestíbulo la dejó sin palabras: suelos de mármol, ventanales que daban a un jardín impecable, obras de arte en cada rincón. Mientras admiraba unas lámparas de cristal, tropezó torpemente con una silla.

—Tranquila —le dijo Danilo, divertido, apretándole los dedos.

Se detuvieron frente a dos columnas de mármol que dividían el salón principal. El mayordomo apareció de inmediato.

—Señor, champaña para usted y su acompañante.

—Gracias —dijeron al unísono.

Las conversaciones disminuyeron. Mariana sentía los ojos sobre ella, como si evaluaran cada detalle: su ropa, su postura, su sonrisa. Danilo vació su copa en dos sorbos; Mariana, tras un titubeo, bebió la suya entera.

El burbujeo de la champaña le aturdió apenas, lo suficiente como para sonreír.

—Y eso que no tomabas —bromeó Danilo.

—Son los nervios —murmuró, escondiéndose tras la copa vacía.

Desde un rincón, don Nicolás sonrió. "Una clara señal de que esta jovencita le interesa". Se levantó, cruzó el salón y, con una amplia sonrisa, se presentó:

—Menos mal que estoy sobrio para ver que has traído a la tía más guapa del país —dijo, besándole la mano.

—Papá, ella es Mariana. Una amiga.

—Encantado —respondió don Nicolás, guiñando un ojo al hijo.

Mariana agradeció los halagos. Mientras tanto, las miradas la desnudaban en silencio. Las mujeres del salón susurraban:

"Nunca la había visto".

"Mírenle las botas. Se ve que no son de *boutique*".

"Seguro es una cualquiera con suerte".

"Ojalá y el loquillo de Danilo siente cabeza".

La velada transcurría entre brindis y risas. En un rincón, la madre de Danilo conversaba con unas amigas. Vestía un traje azul con un collar de perlas. Pero sus ojos se perdían.

Cuando don Nicolás se acercó a interrumpirlos, Mariana ya lo había notado.

—Tu madre desea retirarse. No se siente bien.

Danilo la llevó a su habitación. Mariana aprovechó para recorrer con la mirada el salón y respirar. No encajaba allí. No quería hacerlo.

Danilo regresó serio. Su padre lo interceptó en el pasillo.

—Tu madre no está bien.

—¿A qué te refieres?

—Alzheimer. Confirmado. Y avanza.

Danilo se llevó una mano a la frente.

—No pongas esa cara —le dijo su padre—, la ciencia avanza. Hoy es Nochebuena, hijo. Anímate.

Danilo no pudo evitar quebrarse.

—Hoy todo me sabe distinto, papá.

—Lo resolveremos juntos.

Se abrazaron. Luego, don Nicolás intentó alivianar el momento.

—Por cierto, la tía que trajiste; muy maja.

—Es distinta —confesó Danilo—, fue adoptada, extranjera; y sus padres adoptivos fallecieron. No tiene a nadie.

—Mejor para ti; así no tienes suegra —bromeó su padre.

Mientras, uno de los meseros pasó cerca de Mariana con una bandeja repleta de copas de champaña. Aceptó una, aunque sabía que no debía. "Danilo se está tardando demasiado... ¿Qué hago aquí?", pensó, nerviosa.

Escuchó un acento peculiar. Una mujer de piel tostada, cabello ondulado y una amapola roja prendida en la cabeza se acercó con soltura.

—Hola, no te había visto antes. Soy Macarena, pero dime Maca.

—Mariana —respondió ella, un poco sorprendida por la confianza de la mujer.

—¿Primera vez aquí? —preguntó Maca, con una sonrisa cómplice.

—Sí. Y probablemente la última —susurró Mariana, casi para sí misma.

Maca rio suavemente, con ese sonido que parecía envolverla en una burbuja de calma.

—Relájate. Esta gente se ahoga en su propio cristal. Tú no necesitas encajar; solo brillar.

El mesero volvió a pasar, ofreciendo otra ronda de copas. Mariana, con un brillo travieso en los ojos, pidió:

—Deme dos. Una es para mi amiga Maca.

Maca ya no estaba a su lado. Mariana levantó las dos copas y las bebió, tratando de que su gesto pareciera natural.

El mesero la miró extrañado, arqueando una ceja:

—¿Para su amiga? —preguntó, sin saber si bromeaba o no.

Mariana sonrió levemente, dejando que el misterio quedara suspendido en el ambiente. Nadie más parecía notar nada, y eso la hizo sentirse extrañamente poderosa.

Afuera de la mansión, un coche deportivo rojo se estacionó. Tocaba la bocina sin cesar.

—Joven, lo buscan afuera —le avisó el mayordomo a Danilo.

Danilo salió. Reconoció el coche al instante.

—¿Qué haces aquí?

—¿Y tú qué haces allá adentro, traidor? Inventaste la fiesta, alquilamos el sonido, y tú ni apareces.

—¡Cálmate, Patricio! Hoy es una noche familiar. Pensaba caer más tarde.

—¿Y el encarguito que me pediste? ¿Eso también lo vas a dejar tirado?

Danilo iba a responder cuando Mariana apareció.

—¿De qué me perdí?

Ambos fingieron normalidad.

—Mariana, te presento a Patricio. Viejo amigo. Hubo un malentendido. Pensaba llevarte luego a otra fiesta, pero olvidé decírtelo.

—Ahora entiendo por qué has tardado. Yo también me hubiese desaparecido con ella —bromeó Patricio, el chef con pinta de galán.

Conversaron brevemente. Se rieron por cortesía. Patricio se despidió, y con un gesto animado insistió:

—No falten. Va a estar de lujo. Los espero.

Volvieron al interior de la casa, pero Mariana ya no sonreía.

—Llévame a mi casa. Me siento como un pez fuera del agua —dijo, evitando mirarlo.

Danilo asintió.

El trayecto fue silencioso. Al estacionar frente al edificio, Danilo se acercó a ella.

—Mariana, intenté que estuvieras a gusto. Nunca había llevado una chica con mis padres. Lo hice porque me importas.

Se inclinó hacia ella. La besó con una mezcla de ternura y deseo. Ella no lo detuvo. Con excepción de sus padres adoptivos, nadie la había hecho sentirse especial. Y Danilo supo hacerlo.

—Déjame subir —insistió él.

Al llegar al apartamento Mariana no razonaba, solo deseaba tocarlo, oler su perfume con ese aroma a madera de cedro que la hipnotizaba; tenerlo por completo. Se desnudaron con urgencia y suavidad.

—Despacio, yo nunca...

—Lo sé —susurró él.

Hicieron el amor sin prisa, como si cada gesto tuviera siglos de espera.

Después, recostada sobre su pecho, Mariana le confesó:

—Me estoy enamorando de ti.

Él respondió con un beso. Luego la dejó dormida, se levantó sin hacer ruido, se vistió y se marchó.

Mientras conducía de regreso a la mansión, Danilo mantuvo la ventanilla entreabierta. El aire frío de la madrugada le ayudaba a mantenerse despierto. Sus pensamientos divagaban, como si buscara refugio en un recuerdo que no terminaba de encajar. Pensó en la cena, en su madre, en su padre, en que no se despidió de nadie, en Mariana dormida. Y, sin embargo, no lograba atar todos los cabos. ¿Desde cuándo todo se sentía desplazado? Recordó la última vez que jugó fútbol en el colegio. La final. El trofeo. La fiesta después. Las cervezas. Las risas. El mareo. Y luego el cuarto de su mejor amigo, Patricio. Recordó que se sentía enfermo. Que no podía ni sostenerse en pie. Que Patricio lo ayudó a acostarse y lo cubrió con una manta. Recordó el beso. Uno rápido. Uno que se suponía debía pasar desapercibido, pero no pasó. Fue en la boca. Y Danilo no estaba del todo dormido.

Golpeó suavemente el volante con la palma abierta. Como si ese gesto pudiera espantar lo que le cruzaba por dentro. Suspiró.

—¿Qué carajo me pasa? —murmuró, pero no obtuvo respuesta.

A lo lejos, divisó las luces de la mansión encendidas. "Es Nochebuena", se dijo, como si el recordatorio pudiera darle paz. Pero no bastaba. En su bolsillo vibró el "buscapersonas". Lo sacó. Era un mensaje de Mariana: "Desperté y no estabas.

Gracias por esta noche. Macarena me cayó bien. Me hizo reír".

Frunció el ceño; "¿Macarena?". Repasó mentalmente la cena. Nadie la había mencionado. El semáforo cambió a verde. Aceleró. La ciudad comenzaba a despertar. Fijó la vista al frente. El cielo iba aclarándose y él, quizás, recién empezaba a recordar.

Capítulo 10:
Vidas entrelazadas

El invierno, con su aliento de cristal, se había retirado en silencio. En los jardines de Renace, las flores despertaban del letargo, mezclándose como en un lienzo impresionista: tulipanes, margaritas y lirios, todos brotando sin pedir permiso. La primavera se colaba incluso entre los muros fríos del psiquiátrico, donde; pese a las normas, florecía una amistad improbable entre Mariana y Trina: dos almas solitarias enlazadas por cicatrices invisibles, por historias que nadie más se había molestado en escuchar.

A simple vista, todo marchaba con la regularidad de una maquinaria bien aceitada: pacientes en sus rutinas, terapias cumplidas, pastillas ingeridas con obediencia fingida. Sandro y Odette ya no se buscaban con las manos. Valeria y el doctor Fermín, en cambio, seguían deslizándose por los rincones como sombras que no aprenden. Cada encuentro suyo era un juego peligroso, una danza de secretos, seducción y poder.

Esa tarde, tras otro revolcón en la oficina, reanudaron el tema de Mariana.

—Arréglate la camisa, que tu secretaria no pierde una —sugirió Valeria, con media sonrisa torcida.

Fermín se acomodó la ropa, complacido.

—Querida, mi secretaria sabe guardar silencio. Le pago lo suficiente para mantenerla muda. Y mira qué tranquilo está todo últimamente. La loquita se calmó en cuanto la dejamos escribir sus garabatos.

—No subestimes a esa mujer. La enfermera Trina dice que escribe bien, que tiene talento. ¿Y si se hace la loca?

—¡Por favor, Valeria! No empieces con tus teorías de conspiración.

Cuando ella salió de la oficina, él se quedó solo, con los codos sobre el escritorio y la duda haciéndole cosquillas en la nuca:

"¿Y si de verdad escribe bien? ¿Y si esos textos encerraran algo más que desahogo? Quizás algún día los leerían... aunque, claro, eso nunca ocurrirá. A menos que cambiara de parecer".

Afuera, el sol comenzaba a entibiar las flores. Ese día parecían ofrecer su aroma con especial esmero, como si quisieran agradecer a Mariana por hablarles.

Cuando nadie la veía, se acercaba a ellas y les susurraba sus planes:

—No se atrevan a contarle a Trina lo que estoy tramando.

Luego se sentaba a escribir sin pausa. Cada palabra era una grieta en el muro, un intento de fuga. Y como las flores, ella también comenzaba a florecer.

Trina se le acercó.

—Mariana, la verdad es que tengo que felicitarte. Te ves distinta. El cabello, la piel, hasta tu energía ha cambiado. Ahora puedes asistir a las terapias, tomas tus medicamentos. Parece que por fin crees en tu recuperación.

Ella sonrió sin levantar la mirada. La pluma no se detenía. Escribir era su respiración, la única forma de seguir adelante sin mirar atrás. En el fondo, sabía que su estadía en Renace era como haber comprado un pasaje sin retorno.

Trina insistió:

—¿Me estás escuchando?

—Sí, sí... un momento —respondió Mariana, alzando por fin la vista—. También tengo que agradecerte. Me has ayudado mucho desde que llegué. Te he contado tanto sobre mí, pero tú siempre tan callada. Cuéntame algo tuyo. Aunque te advierto, estoy escribiendo un libro. Podrías terminar en sus páginas —rio con sinceridad, un eco extraño en un lugar así.

—¿Un libro?

Trina pestañeó dos veces, dudando si hablaba en serio. Se inclinó hacia el cuaderno que le había regalado. Sus ojos se detuvieron en el título del manuscrito, escrito con letra firme: "Quince tardes grises".

Fingió una sonrisa, pero no se le dibujó completa.

—¿Y esa sonrisa a medias?

—Me conmovió el título. Si quieres saber algo de mí; sí, he tenido muchas tardes grises. Tan grises como el cielo de Londres.

Permanecieron en silencio. Cada una inmersa en su propio rompecabezas de recuerdos, como si buscaran encajar piezas que no terminaban de pertenecer a ningún lugar.

Mariana rompió el silencio.

—Todos hemos vivido días grises. Algún día sabrás por qué elegí ese título. Pero aún estás a tiempo de darles un poco de color a los tuyos.

—No entiendo.

—Lo digo por Sandro. Le gustas, ¿sabes? Déjate querer.

—Es mi mejor amigo. Lo quiero mucho. Pero el amor no es eso. El amor, el verdadero amor, debe ser libertad. Y él no merece que lo quieran a medias.

—¿Y tú? —preguntó Mariana con suavidad—. ¿Tampoco te sientes libre?

Trina dudó. El secreto le pesaba desde hacía años, pero el momento, quizás, era ahora. Se cruzó de brazos, tomó aire y se atrevió.

—No me gustan los hombres.

La confesión, celosamente guardada por la humilde enfermera, provocó el asombro de su amiga-paciente. Mariana se quedó con los labios entreabiertos y se le escapó lo primero que se le ocurrió.

—¿No me digas que te gusto? Lo siento, no quise ofenderte. Es que me tomas de sorpresa, porque juraba que Sandro y tú...

—No tienes por qué disculparte. Te lo confesé porque nos tenemos confianza. Sabes, me cuesta tanto vivir reprimiéndome. La gente puede llegar a ser muy cruel con los que somos distintos. Pero descuida, no eres mi tipo —dijo, y ambas rieron.

—Agradezco tu confianza —respondió Mariana—, solo puedo decirte que, si Dios no te juzga, ¿por qué habría de hacerlo yo? Si te sientes cómoda, puedes desahogarte conmigo.

Se abrazaron como si quisieran liberar el exceso de penas acumuladas. A Trina se le humedecieron los ojos; y, finalmente, decidió contarle parte de sus vivencias...

***

La enfermera Trina era hija única de los Gallardo, una de esas familias de abolengo en los círculos más exclusivos de México. Su madre, Victoria, egresada de un colegio distinguido para señoritas, era habitual en las *boutiques* de la zona rosa; su talento consistía en combinar joyas con copas de champaña. Gustavo, su padre, heredero de "Gallardo & Asociados", pasaba la vida entre negocios y placeres nocturnos.

A Trina nunca le faltó nada; excepto lo esencial. La miraban, pero no la veían. Desde niña fue aplicada. Cada buena nota era una súplica de atención.

—¡Papi, saqué un diez en matemáticas! —exclamaba con los ojos encendidos.

—¿Qué dijiste? —respondía él sin levantar la vista.

—Que saqué un diez.

—Hablamos luego, ahora estoy ocupado.

Trina se limpiaba las lágrimas con el chaleco del uniforme y corría a la terraza, donde su madre reía entre copas. "Quizás hoy se alegre de mis notas", pensaba antes de interrumpirla.

—Mamita, ¿puedes ver mi prueba?

—Estoy ocupada, después me la enseñas —decía ella, lanzándose a la piscina.

Con los años, Trina buscó en otros brazos el afecto que le negaban. En la adolescencia, aunque lo tenía todo, sentía que no tenía nada. "Cuando me vino la menstruación, fue la nana quien me explicó lo que pasaba", solía decir. A los quince empezó a frecuentar un antro; allí probó drogas, buscó olvido. Sus padres preparaban una fiesta fastuosa para presentarla en sociedad. Pero Trina, cansada de mendigar amor, los dejó plantados días antes. Sobre el tocador dejó una nota: "Ahórrense la fiesta. No les daré el gusto. No se preocupen, estaré bien. Siempre he sido huérfana. Invéntense algo, en eso son expertos".

Su padre, al leerla, estalló.

—¡Ingrata! ¡No pienso contratar a un detective! Ya volverá cuando no tenga un centavo.

Pasaron dos años...

Las playas de Cancún brillaban bajo el sol. Esa noche, "La Casa de las Muñecas", celebraba con sus trabajadoras. En una habitación, Trina, ojerosa, se dejaba vencer por el cansancio.

—Estoy agotada —dijo.

—A mis clientes no se les niega nada —replicó Madame Joan, la dueña del burdel—. Arréglate.

Trina obedeció. Eligió un negligé rojo y medias de encaje. Frente al espejo, se maquilló con manos temblorosas. Tocaron la puerta. Una voz conocida la heló.

—¡Mocosa! ¿Eres tú? Te has convertido en toda una hembra.

Minutos después, un disparo rompió el aire.

Madame Joan irrumpió en la habitación.

—¡Trina! ¿Qué hiciste? ¡Era uno de mis mejores clientes!

—Lo sé.

***

Mariana escuchaba sin pestañear.

—Entonces tú...

—Sí. Fui yo quien apretó el gatillo —dijo Trina—. El revólver estaba en la gaveta. Él... no era un cliente cualquiera. Era mi padre. Y si no lo hacía, habría vuelto a hacerme lo que me hizo cuando era niña.

La voz se le quebró. Mariana la abrazó, conmovida.

—Basta, no te castigues más.

—Déjame terminar —pidió Trina—, no lo maté. Aunque deseaba que desapareciera, sobrevivió. Supe que está en silla de ruedas. Desde entonces, ya no fue una amenaza, sino un fantasma más de mi historia.

—¿Y cómo llegaste a España? —preguntó Mariana, atónita.

—Madame Joan me creyó. Movió contactos, compró silencio. Me consiguió documentos nuevos y un vuelo. Viví con una amiga suya, trabajé en un bar y luego retomé los estudios. Me gradué de enfermera. No pude borrar el pasado, pero decidí intentar algo distinto: ayudar a otros. Así llegué a Renace.

Mariana lloraba en silencio.

—¿Qué puedo hacer para que te duela menos?

—Llorar conmigo es suficiente.

Mariana se quedó en silencio unos segundos. Luego, se puso de pie, fue hasta la rosaleda y volvió con algo entre las manos: un tulipán rojo.

—Este siempre ha sido mi favorito —dijo con voz baja—. Le cuento mis luchas cuando nadie me escucha. Pero hoy quiero que lo tengas tú.

Trina la miró, conmovida.

—¿Por qué a mí?

—Porque floreciste, Trina. A pesar de todo. Y porque mereces que alguien te vea de verdad.

La enfermera recibió la flor como si fuera un amuleto. La sostuvo entre los dedos, temblorosa, y luego la acercó al rostro.

—Gracias —suspiró—, nadie me había regalado algo tan simple y verdadero a la vez.

Se quedaron así, juntas, compartiendo el peso del pasado y el alivio de saberse acompañadas. Y mientras el sol de la tarde las acariciaba, las flores en los jardines parecieron inclinarse en señal de respeto.

78

Capítulo 11:
Decisiones

Mariana siempre había creído que el amor dolía un poco, pero con Danilo aprendió que podía doler de formas que no imaginaba. El noviazgo fluía como un río manso en la superficie, aunque ella no veía, o no quería ver la corriente oscura que lo arrastraba por debajo. Lo amaba con la devoción de quien cree haber encontrado refugio, y aquella noche, la noche en que se entregó por completo, quedó grabada en su memoria. "Cuando estoy sin ti, siento que soy un montón de cosas menos yo", le había susurrado una vez; y él sonrió como quien escucha un secreto que piensa usar algún día. Hacían el amor con la intensidad de quien desea quedarse a vivir en otro cuerpo. Danilo le enseñaba sus mañas, y ella bajaba la guardia sin darse cuenta de que, tal vez, estaba entregando algo más que su cuerpo.

Esa noche del sábado, después de la rutina de siempre: el vino, una película, su cocina perfumada de salsa blanca con panceta y setas, Mariana se levantó para recoger los platos. Llevaba un vestido azul claro, casi transparente, que parecía hecho para romper promesas.

—Recojo la cocina y vemos la tele —dijo sin volverse.

Danilo la alcanzó y la abrazó por la espalda. La besó en la nuca, como si quisiera marcar territorio. Ella no se resistió.

—¿Qué haces? Déjame terminar.

—No —susurró él, quitándole el sostén.

La levantó en brazos, apartó el cojín verde menta del sofá y la recostó.

Le saboreó el cuerpo. También sus adentros.

—Si quieres me detengo —dijo.

—Sigue —jadeó ella, deseando que él se quedara a vivir en su piel.

Pero después, Danilo empezó a vestirse con prisa. Mariana lo miró, contrariada, mientras él se acomodaba la camisa y la correa, evitando su mirada. Se había esmerado por hacer esa noche especial: preparó la pasta, se hizo rolos, recortó tulipanes rojos y los puso en un florero de cristal.

—¿Te vas? Aún es temprano.

Él se excusó, su padre lo había citado para tratar asuntos importantes. Quedó en verla al día siguiente. Sin más, se marchó.

Esa noche, Mariana volvió a caer en la misma pesadilla: un cuarto, voces desgarradas que le lanzaban obscenidades mientras corría sin rumbo, hasta chocar con la sombra que siempre la alcanzaba. Despertó sobresaltada, con el corazón desbocado y las manos aún sobre los oídos. Entonces creyó distinguir la sombra reflejada en el espejo del tocador. Cerró los ojos con fuerza, escondiendo el rostro bajo la almohada, como si pudiera borrarla de su mente. Poco después, presa de un desvelo febril, caminó de un extremo a otro de la habitación hasta que el agotamiento la obligó a rendirse al sueño.

El domingo no supo nada de Danilo. No pudo llamarlo, le habían suspendido el teléfono por falta de pago. Él se había ofrecido a cubrirle ese mes. "No seas orgullosa, es un préstamo", pero Mariana se negó: "No te preocupes, fue suficiente con el 'buscapersonas' que me regalaste. Todavía me queda del dinero que me dejaron mis viejos para los estudios". Aun así, la realidad la acorralaba: el año del intercambio terminaba y debía decidir si volvía a su país o se quedaba en Madrid. Quedarse implicaría un trabajo de medio tiempo y nuevas cuentas por pagar. La ansiedad la invadió como un vértigo: le faltó el aire, las manos le sudaban, los labios se le secaron. Fue por agua y salió al balcón; la brisa apenas la rozó. Miró los tulipanes y, durante un instante, creyó escuchar entre los pétalos una voz diminuta: "Mariana, tranquilízate".

—Gracias —murmuró, sin estar segura de a quién hablaba.

Al volver al apartamento sintió un leve roce en la nuca, como si algo invisible la rozara. Se giró de golpe: todo estaba en silencio, las cortinas quietas, la luz apagada. Pero en el espejo del tocador creyó ver una sombra pegada al vidrio que no era la suya. Pestañeó; al volver a mirar, ya no había nada. Unos segundos después, un pequeño destello de luz en el edificio de enfrente le hizo sentir que alguien la observaba; la cortina de un balcón se movió apenas, como un centelleo. Su corazón se aceleró. "¿Será que lo estoy imaginando? ¿Alguien me observa?", se preguntó. La sensación persistía, entre la brisa y el silencio, entre la certeza de que podría estar perdiendo la razón, y el miedo a que alguien realmente la estuviera vigilando.

Mariana despertó soñolienta el lunes, molesta porque Danilo no había dado señales de vida. Esa mañana la primavera se mostraba espléndida. Los parques cercanos lucían cerezos en flor, y la gente paseaba a sus mascotas.

Bostezó y miró el reloj.

—¡Coño, olvidé poner el despertador!

Se vistió con lo primero que encontró. No hubo tiempo para café ni para peinarse. Horas después, regresaba a casa. Caminaba con el rostro cargado de incomodidad.

Por la noche, Danilo apareció en la puerta como si nada, con un ramo de rosas frescas.

—Flores para mi flor —dijo, acomodándose el mechón blanco del cabello.

Mariana no sonrió. Lo miraba, intentando leer algo en sus gestos.

—¿Estás loco o te haces? Desde el sábado no sé nada de ti. Ni siquiera entendí por qué saliste corriendo. Quedaste en verme el domingo, y nada.

Danilo ladeó la cabeza, midiendo sus palabras.

—Ya te lo dije, mi padre me citó.

—Eso lo dijiste el sábado. Yo te pregunto por ayer.

Él dejó el ramo sobre la mesa y se acercó a besarla, pero ella se apartó.

—¿Qué te pasa en los ojos? —preguntó.

—¿Mis ojos?

—Tienes las pupilas dilatadas. Estás raro. No me vengas con cuentos, dime la verdad.

Su mirada se endureció.

—Joder, Mariana, ¿otra vez con lo mismo? Mi casa es un caos con la enfermedad de mi madre, y el negocio no está bien. Ayer me sentía mal, y me quedé en casa.

Ella no se movió. Danilo podía mentir sin que se notara, pero algo en su voz sonaba demasiado ensayado.

—¿Eso es todo? —dijo, con calma tensa.

Él soltó un suspiro exasperado.

—Puta madre, si no me crees, me voy.

Se dio vuelta hacia la puerta, y Mariana sintió que, si lo dejaba marchar, algo cambiaría para siempre. Lo tomó por el hombro.

—*Ok*, no te alteres. Conversemos con calma.

Danilo la miró unos segundos antes de cerrar la puerta tras de sí. En su gesto había fastidio y algo más, que dejó a Mariana con una sensación fría en el pecho. Su intuición no fallaba: la noche del sábado Danilo no había estado con su padre...

***

La noche del sábado, Danilo estuvo en "Viva la Vie", un club privado para los de buen bolsillo. A simple vista, parecía una finca rodeada de arbustos; nadie imaginaba lo que sucedía tras los portones de hierro. Un camino de piedras iluminado por faroles llevaba a los invitados hasta una puerta secreta en forma de bóveda. Detrás, varios pasillos conducían a salones temáticos, cada uno diseñado para satisfacer cualquier fantasía. El lugar contaba con dos bares lujosos, pista de baile, bailarinas exóticas, mesas de apuestas y *suites* costosas. Allí, trabajadoras y trabajadores de la noche complacían los caprichos de los más exigentes. Vino, placer y secretos eran la moneda corriente.

—¡Qué maravilla la idea del dueño! Poder entrar sin ser visto —comentó el doctor Fermín Villalobos, cliente frecuente.

Danilo supo del lugar por un amigo.

—Vas a flipar en colores si te animas a ir. Podrás darles rienda a tus fantasías —le había dicho.

Firmó el contrato de confidencialidad y la noche del sábado se entregó al ambiente del club. Al llegar se sentó en la barra y pidió un *whiskey* con dos hielos. Conversó con un joven fornido y de buen ver, hasta que el camarero le deslizó una bolsita con polvo blanco que Danilo aceptó. Fue al baño, aspiró una línea y regresó efusivo. La música, la bola de cristal girando, las luces de neón y el perfume mezclado de cuerpos lo envolvieron.

Danilo se movía entre la gente cómodo, encantado de sentirse deseado.

—Tío, ese acento tuyo suena bien —le dijo al camarero con una sonrisa torcida.

—Tinerfeño —respondió el joven, cruzando una mirada que se prolongó un minuto más.

La seducción flotaba en el aire. Danilo bebió, charló, observó, no solo a las mujeres...

—¿Y ese tipo del fondo? —le preguntó al camarero señalando a un hombre solo, de chaqueta y corbata.

—Dicen que es psiquiatra. Tiene gustos excéntricos. Le van las jovencitas, y a veces sube a las *suites* rojas.

—¿Rojas?

—Designadas para entrar con más de una pareja —explicó el joven sin añadir más.

Danilo abrió los ojos más de la cuenta; tenía curiosidad mezclada con incomodidad. La noche transcurrió entre tragos y excesos; alguien lo invitó a un botellón al salir del club. Llegó a casa con el sol a medio subir, fragmentos sueltos de risas, sudor, una habitación con luces tenues y un beso en la oscuridad. No estaba seguro si fue una mujer, o si eso importaba. Lo único que tenía claro era que necesitaba agua, mucha agua, y una cama.

El padre de Danilo, don Nicolás, se enteró de que su hijo no había dormido en casa.

—Este chaval no coopera. Tendrá que poner de su parte, sí o sí —masculló de camino a la habitación.

Entró sin tocar:

—¡Me cago en la leche! ¿Todavía durmiendo?

Danilo se tapó con una almohada; su cabeza retumbaba. Don Nicolás le arrancó la frisa de un tirón.

—¡Venga, tira! Tenemos que hablar.

—¿Qué haces? Es domingo, déjame dormir otro rato —refunfuñó Danilo.

—¡Joder, ese aliento; del tiro me emborrachaste! Son las dos de tarde. Vete a duchar, te espero en la terraza.

Danilo se levantó como un sonámbulo y se alistó.

En la terraza, el sol lo encandiló. Don Nicolás, impecable, acomodó las puntas del bigote antes de hablar:

—El próximo mes salgo para Suiza por tiempo indefinido. Tu madre está descompensada. Ya contacté a los mejores especialistas.

—¿Y me lo dices ahora?

—No solo eso. Te quedarás encargado de la empresa.

Danilo se puso pálido.

—¿Qué? ¡Papá, no tengo idea del negocio!

—¡Basta! Te he dado todo en la vida. Ahora te toca a ti. No voy a dejarle la presidencia a un extraño teniendo un hijo. Te ayudarán, aprenderás en el camino. Y deja ya esa imagen de crío irresponsable. No hay más que hablar.

Danilo quedó paralizado. La cabeza le daba vueltas, no sabía si por la resaca, o por el peso de la noticia. Intentó excusas, todas derribadas. Asumir la presidencia significaba cerrar muchas puertas, sobre todo esa que empezaba a explorar sin comprender del todo. Las noches de exceso eran su válvula de escape; ahora debía contenerlas. Se quedó pensativo, la mandíbula tensa, el mal sabor en los labios:

—Creo tener una salida —se dijo, intentando consolarse.

***

Mayo marcaba cambios de temperatura; el verano prometía ser ardiente. Con cada día, el final del semestre se acercaba y las incertidumbres retumbaban en la mente de Mariana y Danilo. Una tarde, él visitó a su novia. Ella salió al balcón a regar los tulipanes; él quedó recostado en el sofá, observándola en silencio.

Al entrar, clavó en ella una mirada intensa, cargada de misterio que la estremeció.

—¿Por qué me miras así? ¿Pasa algo?

—He estado pensando —dijo, desviando la vista.

Mariana sintió que le faltaba el aire.

—¿Vas a dejarme y no te atreves a decírmelo?

Danilo negó con la cabeza.

—Casémonos este verano. No tienes que regresar a tu país; allá nadie te espera.

Ella se quedó petrificada, el corazón le latía a mil.

—¿Qué? —balbuceó—. Soñaba con casarme, sí, pero no así. No sin un plan, una iglesia, flores, un vestido lindo...

Él no la dejó terminar. Se acercó despacio, conocía sus debilidades, y sus palabras se posaron en su oído como veneno dulce:

—¿Dejarás que un soltero codiciado se te escape?

La desnudó con manos ansiosas, y ella se rindió. Sus besos recorrieron su piel hasta llegar al oasis donde prometió todo.

—Tendrás más de lo que imaginas. Cuando mi madre mejore, habrá boda por la iglesia, llena de flores para ti. Haremos una fiesta enorme. Luego, luna de miel; me llevarás a conocer tu país.

Ella aceptó sin dudar.

Por la urgencia del viaje de sus padres, Danilo organizó todo para la boda civil. Consiguió testigos, eligió un vestido para su prometida: sencillo y juvenil, de tela sedosa. La madre de Danilo no asistió, estaba al cuidado de una enfermera, pálida y sin vida.

El día de la boda, Mariana se arregló sola. Un mar de ilusiones la inundaba mientras acariciaba la tela blanca. Se puso un peine de flores en un lado del cabello y, al mirarse al espejo, creyó ver el reflejo de Leonor, la mujer que la adoptó. "Pareces la Virgen de las Flores", pensó con lágrimas. Pero un instante después, un contorno oscuro se deslizó detrás de ella en el espejo, desdibujando su reflejo. Se tensó, conteniendo la respiración. Al abrir los ojos, la sombra ya no estaba. ¿Lo había visto realmente, o era su mente jugándole una mala pasada?

La ceremonia fue breve. Solo el padre de Danilo y los testigos estuvieron presentes. Cada uno pensaba lo suyo: "Ahora entiendo por qué Danilo renunció a la soltería, es guapísima". "Si ella supiera en lo que se está metiendo". "Mi hijo hace lo correcto para la empresa".

Declarados marido y mujer, todos aplaudieron. Danilo besó a Mariana; ella cerró los ojos, y una extraña sensación recorrió su cuerpo, un presagio que decidió ignorar.

***

Tres meses después...

A los ojos de todos, el matrimonio marchaba bien. Se mudaron a un barrio exclusivo en Madrid. Desde el piso alto, las vistas al atardecer eran un sueño. Mariana estaba emocionada:

—¡Tendré un vestidor solo para mí! —besó a Danilo varias veces.

—Tendrás lo que nunca imaginaste. Eres mi princesita. Solo quiero comprensión y paciencia ante mis nuevas responsabilidades.

Una tarde llegaron noticias del extranjero: la salud de la madre de Danilo empeoraba.

—Están probando nuevos medicamentos. No sabemos cuándo volveremos —informó don Nicolás.

Los días pasaban entre la adaptación al matrimonio. Mariana cuidaba el hogar, y los tulipanes rojos del amplio balcón. Danilo, en cambio, parecía ahogado por las demandas de la empresa. "No me adapto a nada; y menos al tedio de estar casado", le confesó a un amigo. El director sustituto de La Roca convenció a Mariana de tomar un año sabático.

—Estoy estresado. Quiero que disfrutes estar en casa. Luego volverás a estudiar; y haremos un viaje inolvidable.

Mariana aceptó, sin saber que le costaría caro.

Con los meses... apareció el lado oscuro de Danilo. Llegaba tarde inventando excusas: "Me quedaré en una reunión. No entiendo bien el negocio. No puedo llegar a cenar". Ella, ciega de amor, le creía. Pasaba horas esperándolo en el balcón; cuando el sueño la vencía, contaba los coches en la avenida: "49, 50, 51...", y así sucesivamente, sin perder la cuenta ni la esperanza. El domingo era su único día juntos, y se conformaba con migajas de tiempo. Las promesas de boda religiosa y luna de miel se desvanecieron. Danilo no era el hombre que había conocido. Añoraba las aventuras clandestinas. "Necesito despejarme", se repetía para justificarse.

Mariana comenzó a cansarse de las excusas y le reclamó.

—¡ME CAGO EN TI, MUJER! —gritó él—. No tengo cabeza para tus peleas. Tampoco puedo hacer planes hasta que mis padres regresen.

Era como si un monstruo de dos cabezas hubiera usurpado al hombre que amaba. Entre semana, Danilo se movía con autoridad en la empresa, entrando y saliendo a su antojo. "Estaré en reuniones con inversionistas", decía al salir, sin especificar nada. Para ese momento, era otro asiduo cliente del exclusivo club "Viva la Vie", al igual que el psiquiatra Fermín Villalobos, de quien se había hecho íntimo.

Una noche, ardía la fiesta en el pintoresco lugar, y la lujuria podía respirarse. El galeno, efusivo, hacía muecas con la boca al pasarle un poco del polvo blanco a su amigo.

—Danilo, ¿te atreves a entrar en las *suites* rojas? —le preguntó el doctor Fermín, a modo de reto.

Danilo tomó la copa de whisky, la levantó hacia su amigo como si brindara, y con una sonrisa torcida se acercó a la puerta marcada con una pequeña placa dorada:

Suite Roja N°3.

—Esta noche no voy a pensar en nadie más que en mí —dijo.

Empujó la puerta con decisión, mientras a lo lejos sonaba un *remix* suave de Édith Piaf. Al cerrar tras de sí, la carcajada que soltó no se parecía en nada a la del hombre que hacía promesas y regalaba tulipanes rojos. Era otra cosa. Era él.

Capítulo 12:
Macarena

El otoño se apagaba lentamente, con las hojas tiñéndose de ocres y cayendo vencidas. Así mismo, la relación entre Mariana y Danilo se desmoronaba. Habían alcanzado esa escena patética: una cena en un restaurante lujoso, sin palabras. "Acompañada y sola. Ya parezco una vieja", pensaba Mariana, al ver su rostro reflejado en la curva delicada de la copa.

Una de esas noches, particularmente oscura, la encontró asomada al balcón esperando a Danilo. Una brisa súbita le recorrió la piel como un vaticinio. Entonces creyó ver, entre las sombras de la avenida, una figura oscura que la llamaba desde abajo, apenas visible, proyectándose sobre la acera y los postes de luz. Un estremecimiento le recorrió la espalda; la sombra desapareció al mover la cabeza, pero ya no podía ignorarla.

En su mente resonó un pensamiento sombrío: "Acaba con tu miseria". Y otra voz, más lejana pero firme, le vibró en la sien: "No lo hagas". Se quedó quieta, observando el vacío, mientras notaba que la sombra parecía asomarse en distintos puntos: un reflejo en la ventana opuesta, un contorno al borde del farol de la acera. Su corazón se aferró a los recuerdos de los momentos felices con Danilo, deseando que volvieran; aunque fueran efímeros como gotas de lluvia perdiéndose en la avenida iluminada por los postes.

Cerca de la medianoche, vencida por la angustia, buscó su cartera y salió sin rumbo. Caminó por calles casi desiertas. Algunos restaurantes cerraban. Finalmente, se detuvo frente a un pequeño bar que cerraba tarde. Tenía algo acogedor, con mesas pequeñas decoradas con linternas que titilaban como luciérnagas cautivas.

—Sírvame una caña —le pidió al mesero, quien, al verla sola, bella y desencajada, frunció ligeramente el ceño.

Una caña, luego otra, y otra. Mariana parecía un alma errante hipnotizada por el fuego del farol.

El mesero, de facciones árabes, se le acercó con cautela.

—¿Joven, se siente bien?

—Sí —respondió ella sin mirarlo.

Fue entonces cuando apareció una mujer, como si hubiera emergido de las sombras.

—¿Te acuerdas de mí?

Mariana se giró. Le parecía vagamente familiar.

—Soy Macarena. Bueno, Maca. Nos vimos en la fiesta de Nochebuena, en casa de los Del Prado.

—Ah, sí; recuerdo tu acento. Me dijiste que eras diseñadora.

—Así es. Tengo un atelier en mi país, y otros dos en Madrid y Sevilla.

—¿Vives aquí?

—Vivo en el tiempo, mija. Aquí y allá. Pero mi corazón es caribeño. De sangre caliente y lista "pal problema".

Maca logró sacarle una sonrisa. Su desparpajo carismático tenía algo de hogar. Mariana necesitaba eso: escapar. Salir de la prisión de su matrimonio infeliz, de haber sacrificado sus sueños para empujar los de Danilo. Estaba cansada de ser invisible.

Con el alcohol suelto en la sangre, comenzaron las confesiones.

—Mis sueños se convirtieron en incienso; se perdieron entre la hediondez. Mi esposo apenas me toca. Y cuando lo hace, casi siempre está ebrio.

El tiempo transcurrió entre cañas, murmullos y lágrimas contenidas.

El mesero se acercó.

—Estamos por cerrar —le dijo a Mariana, dejándole la cuenta.

Maca lo miró con descaro, de arriba a abajo, y le lanzó dos guiños juguetones.

—Madre mía, parece un ángel entrenado por Zeus.

Mariana estalló en carcajadas. Le agradaba ver a Maca bailando flamenco improvisado, haciendo palmas y giros torpes.

—¡Ay, bebiendo se van las penas, mi reina!

Poco después, Maca se despidió.

—Óyeme bien, si me necesitas, ya sabes cómo conseguirme, búscame. Estoy para ti. Y no te abrumes más, amiga. No es justo que tu marido viva aparte de ti. La vida es una. Libérate. Perdóname si soy muy directa.

Mientras tanto, Danilo había regresado al piso. Por primera vez, fue él quien tuvo que esperar. Y esperó, preocupado de verdad. "¿Y si le pasó algo?", pensó.

Las llaves giraron en la cerradura. Mariana entró con los zapatos en la mano, intentando no hacer ruido. Colgó el abrigo en silencio. Y entonces, se topó de frente con su esposo.

—¡Me tenías asustado! ¿Dónde diablos estabas? Te dije que me retrasaría.

94

—¡Me fui a divagar para olvidarme de tu mal amor! Dime tú, ¿dónde carajo te pierdes? ¡Estoy harta! Quiero sentirme vista, deseada. Recuperar las ganas. Muévete del medio, y ahórrame la pena de empujarte.

Danilo vio frente a él a una mujer desconocida. Desbordada. Mariana comenzó a gritar, lo golpeó en el pecho. Él no se defendió. Logró sujetarla entre forcejeos, hasta que la acostó en la cama, exhausta.

A la mañana siguiente, el silencio pesaba. Danilo había dormido en otra habitación. Era domingo. Preparó el desayuno con manos torpes: croissant con mermelada, café, jugo de naranja, y agua. Llevó la bandeja hasta el otro cuarto.

Mariana despertó con los ojos pesados.

—¿Te sientes mejor?

—¿Por qué tengo la ropa de ayer?

—Mariana, no estás bien. Te ves pálida. Has bajado de peso.

—Me siento sola. Ya no eres como antes.

—Has cambiado tú —respondió él suavemente—, tienes que poner de tu parte. Si te tranquilizas, todo puede mejorar. Tengo muchas presiones, tú lo sabes. No quiero agobiarte, pero lo de anoche...

—¿Qué pasó anoche? No recuerdo. Es como si un telón me nublara la mente.

Danilo evitó decirlo todo. No le habló del cuchillo en su cartera. Ni de los insultos. Ni de cómo llegó descalza, borracha y sin dinero.

—Mariana, necesitas ayuda. Quiero que hables con un amigo médico de mi entera confianza. Te puede recetar algo para la ansiedad. Mientras tanto, tómate estos ansiolíticos que tenía guardados —le dijo, dejando el frasco sobre la mesita de noche.

Mariana lo miró con desconfianza. Lo abrió, y volvió a cerrarlo con rapidez. "¿Me las tomo? No, mejor no. ¿Y si me quiere envenenar?", pensaba. Sus dedos temblaban. Danilo salió del cuarto para buscar más agua; y solo entonces ella se incorporó. Aprovechó el silencio para esconder el frasco de pastillas en el fondo de un cajón, como si ocultara un secreto demasiado peligroso incluso para ella.

Danilo volvió a entrar en la habitación. Se acercó despacio, tomó su mano y la besó con cuidado.

—Ahora duerme un poco más. Yo te cuido —le susurró, acariciándole el cabello con una ternura que no nacía del pecho, sino del control.

Esta vez al salir cerró la puerta con llave; y el clic del cerrojo resonó como una sentencia.

Capítulo 13:
Aromas de café

La tarde en que Mariana ingresó al hospital Renace, Trina revisaba con delicadeza sus pertenencias. En un instante, encontró un papel doblado que llamó su atención. No era un papel cualquiera: parecía latir con secretos, como un corazón oculto entre la ropa.

Lo tomó con cuidado, temiendo que se deshiciera al contacto, y al desplegarlo encontró una carta. Una confesión escrita a pulso que destilaba amor, nostalgia… y la huella de alguien que había marcado la vida de Mariana más de lo que ella misma se atrevía a admitir.

Armani:

Aquel mes de noviembre lo menos que imaginé fue encontrarte. Recuerdo, al detalle, la tarde que te vi por primera vez. Comenzaba a oscurecer, y ahí estabas, de pie, debajo de un inmenso olmo. Minutos después, se escuchó el sonido distante del tren, acercándose de a poco, como lo hiciste tú. Ambos abordamos: yo, cautelosa; tú, reservado. Por aquello de la casualidad, para no culpar al clichoso estribillo del "destino", te sentaste a mi lado. Te miré de reojo; tú respirabas, y yo te imaginaba de tantas formas… Podía sentir tu aliento sin saber que, poco después, respiraría tu voz, tu presencia, que se enredó en mí como la enredadera se adhiere al tronco, como el musgo y la tierra se pertenecen. De la nada surgió algo entre los dos, y ese algo se convirtió en vida, en musa. Tu abrazo era una capa de armiño que aliviaba mis cargas. Eres mi dolor y mi cura.

Fuimos uno, y el soplo de tu voz en mi oído me llenó de ganas, de musas, de historias. En las noches oscuras que vinieron después, te convertiste en luz, como lo hacen las estrellas más valientes que se atreven a brillar en plena oscuridad. Me volví el lugar donde solías descansar, mientras tú te convertías en mi todo. Recuerdo aquel aliento. Desde entonces... siempre será noviembre.

Mariana

***

Transcurrieron semanas desde el altercado entre Danilo y Mariana. Su esposo logró convencerla para que tomara los ansiolíticos recetados por su amigo, el doctor Fermín.

—La dosis es mínima, solo por las noches. Para que puedas descansar —le dijo.

Desde que Mariana comenzó con los calmantes; si es que se los tomaba, aparentaba estar serena, aunque no dejó de sospechar cosas en el comportamiento de su esposo. Además, mantuvo el contacto con Maca, y no olvidó sus consejos. "Tengo que encontrar el modo de llenar mis días", pensó, mientras caminaba hacia un bistró a unas cuadras de su residencia.

Desde que pisó el lugar por primera vez, lo hizo suyo. Cada mañana, cerca de las diez, llegaba al establecimiento. El espacio, de estilo parisino, tenía paredes claras, sillas de mimbre y pequeñas mesas adornadas con floreros de cristal llenos de narcisos amarillos, las compañeras de su soledad.

Los empleados la veían acercarse a través de los grandes ventanales. Caminaba como arrastrando los pies, y la tristeza. Al llegar, aspiraba el aroma del café, se sentaba en su mesa habitual, sacaba una hoja, un bolígrafo, y dejaba que la imaginación fluyera. Escribir era su forma de escapar. Allí era libre.

Por eso, el *bistró* se convirtió en un ritual sagrado.

—*Bonjour, madame* —la saludaba cada día el empleado del lazo rojo, antes de servirle su acostumbrado capuchino.

—*Merci* —respondía ella, con la mirada en los alrededores.

Un día estando en el bistró, por una casualidad, volvió a verlo, "el chico del tren". Se le quedó mirando a través del cristal mientras él luchaba por abrir un paraguas bajo la llovizna. Finalmente, entró. Llevaba una boina del color de las avellanas, igual que sus ojos.

Cuando estuvo dentro, sus miradas se cruzaron. Él se acercó.

—Hola. ¿Nos conocemos? Es que tu cara me resulta familiar.

Mariana, al ver aquellos ojitos rasgados observándola, se turbó. Por un momento se sintió tonta por no saber qué contestar.

—Muy bonita, y muda —dijo él, riendo con desenfado.

—Te equivocas. Muda no soy. Nos vimos en el tren.

El joven la miró con más atención.

—Claro, ahora lo recuerdo. Me senté a tu lado. Soy Armani ¿Puedo sentarme ahora? —ya lo había hecho.

—No entiendo por qué preguntas, ya estás sentado.

Ambos sonrieron.

La química entre ellos podía sentirse en el aire. Fue una de esas conexiones que se dan sin razón aparente: miradas, suspiros, leves indicios de un reencuentro inevitable.

—¿Vienes a menudo aquí?

—Lo suficiente como para que los empleados me conozcan. Cualquiera diría que tengo acciones. Pero no, solo me siento a gusto.

De pronto, irrumpió en el lugar una joven que parecía salida de un concurso de belleza. Más de uno se volteó a mirarla. Pidió un café para llevar y se marchó.

—Muy bella la chica. ¿No te parece?

—Y tú también —respondió Armani, con una seguridad que la desconcertó—. Por cierto, no me has dicho tu nombre.

"¿Qué tiene este hombre?", pensaba ella. No sabía si tanta confianza la incomodaba, o le encantaba. Era como probar un tamarindo: amargo y dulce al mismo tiempo.

—Me llamo Mariana. Y ahora, si me disculpas, tengo que irme.

—¿Por qué la prisa? Apenas nos conocemos. Al menos dime si trabajas cerca, para volver a verte.

Se levantó sin responder. Armani la tomó sutilmente por la mano.

—Espera. Fue un verdadero placer conocerte. Te dejaré mi número. No traje tarjetas, pero soy restaurador de obras de arte en un museo.

Ella, por no abrir la cartera, se guardó el papelito dentro del sostén. El gesto encendió todas las alarmas de testosterona del hombre.

Se arregló la blusa y lo miró directamente.

—Debe ser un trabajo interesante. También me agradó conocerte. Bueno, se me hizo tarde.

Cuando estuvo cerca de la salida, él le dijo en voz alta:

—¿Me vas a llamar para vernos la próxima semana?

Ella se volvió y sus ojos, sin palabras, le respondieron.

—Mariana, como no sé tú apellido, te diré "Mariana del café". Y estoy seguro de que volveremos a vernos.

Le fascinó la seguridad con la que lo dijo. Pero no se lo mostró.

—Yo tú, no estaría tan seguro, Armani... el restaurador.

Se marchó.

Él se quedó saboreando su café. Con cada sorbo, recordaba los ojos verdes de la mujer misteriosa. No sabía su número, ni si tenía pareja, ni dónde vivía. Solo una cosa le quedaba clara: le gustaba el café; y lo había trastornado.

Desde aquel encuentro, Mariana tomaba más café del habitual, como si el aroma la acercara a esos ojos rasgados que no podía olvidar. Había algo en la forma en que aquel desconocido la miró que le encendía una ilusión antigua. Llevaba tiempo sin sentirse así: deseada, observada con hambre, con interés. Le gustaba. Y le asustaba. No sabía si debía llamarlo, o esconderse. "Tengo que contárselo a Maca".

Una hora después...

—¿Estás segura de que puedes salir? Mira que no quiero problemas con ese maridito tuyo —le dijo la dominicana con su habitual desparpajo.

—No te preocupes. Como siempre, tiene una de esas reuniones eternas de negocios.

Tan pronto cayó la noche, Mariana salió rumbo al bar de siempre.

—Mujer, desde un avión se ve que traes una carita. Suéltalo ya.

—Maca, tú siempre con tus cosas.

—Cuéntame, que esa risita tuya no viene sola. No digo yo; si hasta te pintaste los labios de colorao.

—Macaaa...

—Nada de Maca. Déjame adivinar: ¿el marido te está dando mantenimiento como Dios manda? —y acompañó la frase con un gesto obsceno.

Rieron. Entre bromas y confesiones, la tensión se fue disolviendo. Pero de pronto, Mariana se quedó en silencio, y suspiró.

—Conocí a alguien.

Maca se detuvo en seco.

—Maca, ¿me estás escuchando? ¿O solo me escuchas cuando te conviene? —rio Mariana sin esperar respuesta.

—Un momento... ¿Cómo que conociste a alguien? —vio que Maca abrió los ojos.

—Chica, no me mires así. No ha pasado nada, todavía. Pero te confieso que ese hombre no sale de mi cabeza. Cuando lo pienso, olvido el desastre que es mi matrimonio. Maca, yo necesitaba sentir algo. Sentirme viva otra vez. Danilo no me mira, no me escucha, prácticamente no me toca. Cuando sale de la empresa prefiere perderse por ahí. Llega tarde, a veces borracho, con excusas ridículas. Estoy cansada. Y encima, cada vez que le hablo de regresar a estudiar o trabajar, se burla. Como si mis planes fueran chiquilladas.

Maca, por una vez, no respondió con una broma.

—Amiga, no soy quién para juzgarte. Sé todo lo que has aguantado, y que lo amas. Y también sé que el dinero no es sinónimo de felicidad; aunque ayuda, no vamos a negarlo.

Mariana bajó la mirada.

—¿Y cómo me explicas que, amándolo, piense en otro?

—No todo es blanco o negro. A veces se ama; y, aun así, se traiciona. Nadie es del todo bueno, ni del todo malo.

***

Pasaron dos semanas desde aquel cruce de caminos en el bistró; y a Mariana la invadía la ansiedad: "¿Lo llamo? No. Mejor no. Sí. No. Dios mío".

Se asomó al balcón intentando poner en orden los pensamientos. Después, con torpeza, rebuscó en su bolso hasta encontrar el papel doblado con el teléfono de Armani.

Marcó el número.

—¿Sí? —contestó una voz masculina.

—Por favor, ¿puedo hablar con el señor Armani Paz?

—Soy yo.

—No estoy segura si recuerdas que me diste tu número en el bistró.

—Mariana del café —la interrumpió—. Sabía que llamarías. ¿Te invito para que tomes un café conmigo?

—La verdad, me encantaría.

Hablaron poco, y quedaron en verse en el mismo lugar. Armani llegó unos minutos antes, con una camisa a cuadros y vaqueros. Inquieto, observaba a cada persona que entraba. Mariana, en casa, terminaba de maquillarse frente al espejo. Se sentó en la cama, movía las piernas sin parar. Se acomodó el cabello. "Quiero lucir perfecta; dejar los complejos. Ocultar el temblor. Pintarme de calma. Maquillar la tristeza antes de que alguien la note".

Cuando entró al local, Armani sintió un cosquilleo en las piernas. Ella lo saludó con un beso en cada mejilla. Él, sin poder evitarlo, la recorrió con la mirada; el escote insinuaba la forma exacta de sus pechos. Desde ese día, los encuentros fueron frecuentes. El bistró se convirtió en un lugar bendito, donde abundaban las risas y la complicidad. Pero una tarde, todo cambió.

Caminaron hasta un parque cercano, y se sentaron en un banquillo debajo de un gran cedro, muy pegados.

—Mariana, empiezo a pensar que eres de otro planeta. Nunca hablas de ti.

Ella no respondió. Él acercó su boca a la de ella.

—Me tienes poseído.

La besó. Mariana temblaba.

—Estás temblando —dijo él, sonriendo—, me encanta.

Y siguieron besándose, como si se les fuera la vida en ello.

Luego de unos días...

Mariana se quedó con fiebre de amar. Buscaba en Armani algo más que deseo; buscaba salvación. Se miró al espejo, se tocó el rostro como si quisiera arrancarse la piel: "Tú me haces sentir viva. No debería aferrarme a ti, pero te necesito".

Sin pensarlo mucho buscó las llaves en la cartera de piel, cerró el departamento, y salió.

Mariana tocaba el timbre insistentemente cuando la razón de sus suspiros abrió la puerta en toalla. Unas pocas gotas de agua resbalando por su espalda confirmaban que Armani acababa de ducharse.

Al verlo, se le dispararon los instintos, y junto con ellos, la culpa.

Entró como en un trance. "¿Qué estoy haciendo aquí?".

—¡Mariana! Por favor, pasa.

—No sé qué hago aquí. Salí a caminar; y como recordaba tu dirección, tomé un taxi. Estoy nerviosa —intentó retroceder.

—Tranquila —le dijo, tomándola por la mano—, no te vayas. Sabes bien por qué viniste. Yo también estoy nervioso —la besó y cerró la puerta con el pie.

—Armani, es una ironía que tu apellido sea Paz, porque eso es lo que encuentro en ti cada vez que me miras. Y que seas restaurador de obras, porque, sin proponértelo; también vas reparando mis grietas.

—Entonces, déjame restaurarte por completo —respondió él con voz baja, como quien promete un secreto eterno.

Sus ojos la recorrieron como si fuesen pinceles invisibles, y al dejar caer la toalla reveló no solo su deseo, sino la urgencia de convertirla en su obra más viva.

Se le acercó al cuello, respirándole lento, profundo. Volvió a besarla.

—Si quieres que me detenga, dímelo ahora.

—Hazme el amor —respondió ella sin defensas.

Lo de ellos no era una simple historia paralela: era un lazo de espíritus, de cuerpos que se habían encontrado sin estar disponibles del todo. Mariana ya no razonaba. Lo único que necesitaba en ese instante era sentirlo. Armani la besaba con hambre, con ganas, al punto de lamerle las mejillas y morderle el labio inferior. Antes de desnudarla, la miró largo y fijo. Le alzó la falda despacio, y sus dedos largos y finos, atravesaron su caudal estrecho. Una dulce melodía de gemidos escapó de ella.

A través del cristal de la terraza, Mariana vio dos ruiseñores picoteándose los picos: "Se quieren tanto como nosotros", pensó.

Fue entonces cuando la desnudó; y como un artista con su cincel, Armani usó las manos para crear espacios dentro de ella. La talló en barro, en piedra, en hierro; esculpió cada fibra, cada vena, hasta convertirla en su obra maestra. Fueron dos cuerpos entrelazados, aceptando sin excusas la realidad de lo que sentían. Un amor liberador, condenado por el nefasto "qué dirán".

Exhausta, Mariana se quedó recostada sobre su pecho, los ojos cerrados, escuchándole los latidos del corazón. Como si al hacerlo pudiera liberarse de una condena.

—Haberte conocido fue un regalo inesperado que equilibró mis días difíciles.

—¿Te estás despidiendo de mí? —preguntó él, con ojos rasgados de incertidumbre.

Mariana quería hablar, confesarle que era la esposa de un hombre narcisista y abusivo, pero no pudo.

Recogió su ropa, dispersa en el suelo, y comenzó a vestirse.

—No puedo verte más. No sería justo para ti.

—¿Por qué? ¡Me tienes loco con tus misterios! Dímelo, podemos resolverlo juntos —exigió, colocándose frente a ella, impidiéndole el paso.

Golpeó la puerta, desesperado.

—Acabamos de hacer el amor con una pasión que solo los que se aman pueden comprender. ¡Y ahora actúas como si yo no te importara!

A Mariana la invadió la culpa. Los ojos se le llenaron de vergüenza, tanto que apenas pudo sostenerle la mirada.

—Perdóname —susurró, con la voz rota—, no todo lo que es intenso, es sostenible. No todo lo que se siente, se vive. Y no todo lo que se quiere, se puede tener. No me arrepiento de nuestras tardes, de nuestras risas, de lo que acabamos de hacer. No quiero pensarte, pero te pienso; y nunca dejaré de hacerlo.

Armani se hizo a un lado. No dijo nada. Hay silencios que son una respuesta. Y ese, lo fue. Cerró la puerta con una lentitud que dolía, y la miró; como si pudiera encontrar consuelo en una despedida que no pidió.

Capítulo 14:
Una oportunidad

El sol del verano calentaba las calles de Madrid. Pasaron cuatro meses, y un par de lunas llenas desde que Mariana y Armani hicieron el amor. Era una tarde clara, en total contraste con sus pensamientos grises. Su pena seguía allí, silenciosa, flotando como una nube espesa que se negaba a disiparse.

"Hay días en que todo se me vuelve gris: el cielo, las nubes, incluso los rostros de la gente que parecen máscaras vacías. El aire se espesa como un humo lento que me llena los pulmones y me obliga a hundirme en pensamientos que no siempre sé de dónde vienen. Hoy es uno de esos días. La musa me ha dejado, y solo me queda la urgencia de buscarte en mis recuerdos. Tus manos... las que marcaron mi piel como si hubiesen querido esculpirla. A veces las siento cerca, otras se me escapan como si fueran un sueño contado por alguien más. Maca insiste en que no las olvide, como si ella también pudiera tocarlas. Armani, la vida nos hizo trampa. No todos los encuentros se repiten, pero algunos se transforman en arte, en obsesión, en destino mal trazado. Tus manos me persiguen. Quisiera ser tu Venus de Milo, quebrada y eterna, sostenida solo por tu ausencia".

Mariana estaba en su lugar favorito cuando el mesero del lazo rojo; con su peculiar acento, la interrumpió.

—Madame, aquí tiene su *cappuccino*. ¿Se siente bien? ¿Desea algo más?

Ella dejó de escribir y levantó la vista lentamente. En el reflejo del ventanal, detrás de su propio rostro, volvió a ver la sombra. La misma que llevaba tiempo siguiéndola, moviéndose entre luces y esquinas, respirándole la nuca cuando nadie más la miraba. Esta vez parecía más cerca, más definida, casi humana.

Pestañeó. El reflejo se disolvió en el brillo del cristal.

—No, nada más. Gracias —respondió con una sonrisa ausente.

El mesero asintió, pero se quedó unos segundos observándola, como si percibiera algo fuera de lugar. Mariana bajó la vista. La sombra no necesitaba estar a la vista para sentirse. Sabía que la acompañaba, que se sentaba frente a ella, que la seguía incluso dentro de sus pensamientos. Tomó un sorbo del café. Estaba frío. Todo estaba frío últimamente, incluso el aire. En algún punto, ya no supo si la sombra la perseguía, o si la había creado ella misma. Tal vez era Armani que volvía en otra forma. Tal vez era su culpa. O tal vez, como Maca solía decirle entre risas, la sombra solo reflejaba lo que Mariana aún no se atrevía a mirar de frente.

Ella seguía visitando el bistró, aunque no con la misma frecuencia; estar allí sin Armani, no era lo mismo. Para Mariana, recordar lo vivido con él era como respirar a través de una mascarilla de oxígeno; le daba el aire suficiente para seguir. No volvió a verlo. Él comprendió que se había enamorado de una mujer comprometida, y decidió tomar distancia. Se mudó del piso alquilado y pidió traslado para otro museo. Tal vez fue lo mejor. Tal vez no. Nunca lo sabría. Con Danilo, las cosas apenas habían cambiado. Mariana, sin embargo, quiso darle otra oportunidad. ¿Costumbre? ¿Miedo? ¿Remordimiento? Solo ella lo sabía.

Días después volvió al bistró. El mesero la recibió con la misma cortesía de siempre, aunque notaba en ella un aire distinto, como si sus pensamientos estuvieran en otro lugar.

—*Madame*, si no le gustaron las tostadas, puedo pedir que le preparen otras —sugirió con amabilidad.

—No te preocupes. Es que llevo unos días sin apetito.

El mesero inclinó la cabeza ligeramente. Guardó silencio, pero sus ojos se quedaron un segundo más sobre ella, como si intentaran descifrar un gesto extraño.

En ese instante, un pensamiento la atravesó como una ráfaga: "No puede ser". Tenía un atraso. Uno evidente.

El domingo de esa semana, Mariana preparó lasaña de carne en salsa bechamel para Danilo. El olor llenó la cocina como si intentara disfrazar el silencio que los separaba.

—Cociné tu comida favorita porque tengo que decirte algo —dijo al servirle.

Danilo masticaba con parsimonia, como si cada bocado le costara una decisión que no había tomado.

—¿Qué sucede? —preguntó entre sorbos de vino.

—Estoy embarazada.

Lo dijo con una serenidad tan perfecta que parecía ensayada, como si cada palabra fuera parte de una escena cuidadosamente planificada.

Danilo casi se atraganta.

—¿Cómo? ¿Estás segura?

—Claro que sí. Me lo dijo mi cuerpo antes que la prueba. Es una certeza de mujer.

Él se levantó. Caminó hasta el fregadero. Se mojó la cara. No la miraba. El sudor le nacía en las sienes como una confesión.

—No era lo que esperábamos —murmuró.

112

Mariana jugueteaba con el tenedor, dibujando círculos en la salsa espesa.

—Tal vez no lo esperabas tú —respondió sin cambiar el tono —, pero a veces las cosas llegan para reparar lo que se quebró. Para obligarnos a quedarnos.

Danilo volvió a sentarse. Comió en silencio, como quien acepta una sentencia con resignación. Ella lo miraba fijo, con los ojos bien abiertos, como si necesitara grabarse cada gesto en la memoria. Por dentro, sentía que la escena se repetía como un eco. Un eco que ella misma había creado.

Con el paso de los días... Danilo no tuvo más remedio que asimilar la sorpresiva noticia del embarazo de su mujer.

—No quiero que sigas tomando ansiolíticos —le dijo una mañana.

De pronto, empezaron a brotar en él ciertos cambios que ni siquiera entendía. En el fondo, no deseaba que nada malo les sucediera, ni a Mariana ni al bebé. Ajustó su agenda, limitó sus escapadas, y empezó a dedicarle los fines de semana completos. Salían a cenar, veían películas, e incluso hacían competencias interminables de Monopolio. Mariana, sin saber exactamente qué había provocado esa transformación, agradecía los momentos de tranquilidad.

Pero una tarde, justo cuando el sol comenzaba a derretirse en el horizonte, discutieron.

—Últimamente ni siquiera me tocas —le reclamó ella, mirándolo a los ojos.

Danilo pareció descolocado.

—Estás en las primeras semanas del embarazo. Me da miedo que te pase algo —gritó, con una furia que no encajaba con sus palabras.

Ella se quedó en silencio un instante.

—No tienes que alzarme la voz. Además, hoy has pasado el día entero buscando excusas para discutir.

Él respiró hondo, visiblemente incómodo. Se apartó el mechón blanco de la frente, con torpeza.

—A ustedes las mujeres, cuando se les alborotan las hormonas; no hay quien las entienda. Mejor salgo un rato a despejarme.

Tomó las llaves del coche y cerró la puerta de un tirón.

Estuvo dando vueltas por la ciudad, sin rumbo. No resistió la tentación de entrar en un bar. Más tarde, compró una botella de vino, de las buenas, y se le ocurrió compartirla con Patricio. Desde que coincidieron en el club de tenis habían retomado el contacto, intercambiaron teléfonos, direcciones; y cierta complicidad que parecía dormida. Habían sido inseparables desde niños. Sus padres eran amigos, compartían historias, secretos, veranos enteros. Pero la boda de Danilo los había distanciado.

Aquella noche, sin pensarlo demasiado, fue al piso de Patricio.

—¡Vaya sorpresa! Estás hasta las trancas —dijo Patricio al abrirle la puerta—. Pasa, anda.

—Y nadie mejor que tú para acompañarme —Danilo levantó la botella—. ¿Recuerdas esto? Lo bebíamos cuando nos íbamos de marcha.

—Te habrá costado una pasta. Aunque tú antes las robabas de la cava de tu padre.

—Y todavía me acuerdo de la paliza cuando descubrió que le faltaban diez.

Rieron con ganas.

La noche transcurrió entre recuerdos, copas y confesiones a medias. En un momento, Danilo se quebró:

—No sé qué me pasa. Siento que utilizo a las personas con una frialdad que me asusta. No logro conectar con Mariana, y sé que el problema soy yo.

Patricio, sentado en un sofá anaranjado de líneas modernas, lo escuchaba en silencio.

Luego se levantó por más vino.

—Hablemos de otras cosas, ¿vale? Estás aquí, aprovecha para desconectarte —le pasó la mano por la espalda, como quien calma una fiebre sin saber cómo.

—¿Te acuerdas de aquel chaval que se orinó en una fiesta en tu casa? —le preguntó Danilo.

—Claro. Tuve que prestarle ropa. Pero tú no hables de borracheras, que la que agarraste cuando ganamos aquel partido nadie la supera. Te acosté en mi cama hasta que se te pasó la mona.

Danilo se quedó quieto. El recuerdo lo había atravesado.

—Sí. Estábamos borrachos; aunque yo más que tú. Pero nunca olvidé esa noche. Me prestaste tu cama.

Patricio lo miró de lado.

—Yo pensé que estabas dormido cuando...

—No estaba dormido. Sé que me robaste un beso.

Silencio. El aire se volvió más denso. Patricio se le acercó.

—Entonces, ¿te dejaste besar?

Danilo no respondió de inmediato. Luego, bajó la mirada.

—Siempre lo supiste.

En ese instante, fue como quitarse un abrigo mojado. Al pronunciarlo, se sintió más liviano, como si por fin pudiera respirar. Ambos entendieron que no había vuelta atrás. Esa verdad, enterrada durante años, finalmente les daba alcance.

Dos horas después, tras haberse explorado en silencio y piel, se miraron como dos sobrevivientes.

—Quédate a pasar la noche —le pidió Patricio.

Danilo dudó. Pensó en Mariana, en el embarazo, en el juego que estaba montando con la vida.

—No puedo. Mariana no se ha estado sintiendo bien. No necesito más problemas.

Fue al baño a ducharse.

A Patricio se le encendió una rabia seca, de esas que nacen del rechazo. Una mezcla de orgullo herido y deseo insatisfecho.

"Si este maricón se cree que puede usarme, se equivocó", pensó, mientras agarraba el teléfono y, sin pensarlo, marcaba.

Al tercer timbrazo, una voz al otro lado respondió.

—¿Hola?

Era Mariana. Su tono era débil.

—¿Quién es? ¿Hola? No escucho bien.

—Solo quiero decirte que tu marido es un hijo de...

Danilo, al escuchar la voz de Patricio, salió desnudo de la ducha; le arrebató el teléfono de un manotazo, y lo empujó con fuerza.

—¿Qué diablos haces? ¡Te volviste loco?

En la línea, Mariana había alcanzado a escuchar algo, ruidos, y una voz parecida a la de su esposo, aunque no estaba segura. Al instante se cortó la llamada.

Luego, silencio.

Patricio se desplomó en la cama.

116

—Perdóname. No sé en qué estaba pensando. Fue un impulso, me sentí usado. No soy así. Te lo juro, no volverá a pasar.

—¡Que no se te ocurra hacerlo otra vez! Te perdono solo porque sé que esto no eres tú —Danilo se pasó las manos por la cara, abrumado—. Tampoco quise empujarte. Pero ahora tengo que irme.

—¿Te volveré a ver?

—No lo sé. Hablamos luego con calma.

—No quiero perderte otra vez.

Danilo dudó.

—Tal vez invente algo, quizás podamos ir a la cabaña de mis padres para hablar de todo esto. Están fuera del país. Pero no te prometo nada.

—Allí solíamos ir de pequeños. Buenos recuerdos.

—Sí, pero no te hagas ilusiones.

—¿Al menos dime si lo que pasó esta noche volverá a pasar?

Danilo no contestó. Cerró la puerta sin mirar atrás. Patricio se quedó de pie, con el deseo suspendido y la esperanza intacta.

Capítulo 15:
La cabaña

Enclavada en un rincón idílico a las afueras de Madrid, se encontraba la cabaña de ensueño de los padres de Danilo. Una estructura de madera con diseño rústico, al gusto de su madre. Para cualquiera era el refugio perfecto: rodeado de árboles frondosos y un lago cristalino que parecía detenido en el tiempo.

Danilo, incapaz de dejar de pensar en lo que había ocurrido con Patricio, necesitaba un lugar donde desaparecer del mundo. Un escondite donde nadie pudiera verlos, donde nadie sospechara. Y la cabaña era perfecta para eso. Desde la discusión con Mariana por haber llegado de madrugada, ella había quedado con la desconfianza despierta. Danilo se excusó, como tantas otras veces, diciendo que había estado dando vueltas en coche, que terminó en un bar y se le fue el tiempo. Mariana no le creyó.

Una tarde, al verlo llegar, decidió fingir la incomodidad que la invadía. Lo recibió con una sonrisa amplia.

—Umm, huele rico lo que cocinas —dijo él, extrañado.

Ella le sirvió la cena, le ofreció una copa de vino, hasta le dio un masaje en los pies.

—Vaya, amabilidad —comentó él, desconfiado.

—Es que trabajas mucho —respondió Mariana, besándolo en los labios.

Cuando terminó de cenar, Danilo fue directo al armario. No notó que ella lo observaba desde la puerta entreabierta. Llevaba unas llaves en la mano, que escondió dentro de una cajita de madera lisa, en una de las gavetas.

118

Al día siguiente, aprovechando que Danilo había salido para la empresa, Mariana abrió la caja. Dentro encontró unas llaves y algunas facturas con una dirección.

—Tengo que acabar con esta farsa —murmuró, cerrando el puño con los papeles arrugados entre los dedos.

Antes de salir para hacer las compras del día, Mariana vio las llaves del auto que Danilo le había regalado hacía unas semanas. "Para que no camines tanto", había dicho él. Un gesto generoso que, visto ahora, parecía más bien una distracción cuidadosamente calculada.

Esa noche intentó mantenerse serena.

—Amor, ordenando el armario dejé caer una cajita de madera. Pero no te preocupes, no se estropeó —dijo, mientras le entregaba las llaves y las facturas—. ¿De dónde son?

Danilo palideció. Se acomodó el mechón blanco sobre la frente, como hacía cada vez que estaba nervioso o quería seducir.

—¿Te sientes mal?

—No, es solo el cansancio. Son de la cabaña que tienen mis padres frente al lago. La usaban para vacacionar. Pedí que le hicieran unos arreglos; quiero que la encuentren en condiciones cuando regresen. Aunque, si tardan mucho, tal vez la rente.

—¡Con lo que me gusta la naturaleza! Antes de que la rentes, llévame. ¿Cuándo vamos? —preguntó ella, sonriendo con dulzura.

—Primero deben terminar los arreglos. Quizás más adelante —contestó él, seco, y se retiró al cuarto de estar a ver un partido.

Desde el pasillo, Mariana lo observaba:

Me río de ti. Te hago preguntas tontas, como si no supiera nada, como si fuera la ingenua que crees tener a tu lado. Pero cada mirada tuya, cada palabra escurridiza, me cuenta una historia que no quieres que yo escuche. No necesito gritos: la intuición de una mujer es una maldición callada. Y aquí estoy, sonriendo, mientras todo dentro de mí se derrumba en silencio.

Sintió ganas de llorar, pero se contuvo.

—No vales una lágrima más —susurró.

A la mañana siguiente amaneció con ojeras. No había podido dormir. Lo primero que hizo fue llamar a Maca. "Es la única en la que puedo confiar". No le contó todo. Prefirió guardarse lo del embarazo; aún no sabía qué rumbo tomaría su matrimonio.

Apenas terminó de explicarle lo ocurrido, Maca reaccionó con su habitual acento:

—¿Y tú le crees, Mariana?

A medida que avanzaba la conversación, la dominicana se soltó:

—Ay, chica; no mereces que te haga esas cosas.

Mariana cerró los ojos, buscando fuerzas.

—Maca, el cuento de amor que viví con mi esposo duró muy poco. Fue como una estrella fugaz, de esas que cruzan el cielo solo para recordarte que los deseos más intensos a veces se pierden en el infinito.

Maca la escuchó en silencio.

—Cuando estés completamente segura de lo que vas a hacer, cuenta conmigo.

Mariana sintió un nudo en el pecho.

—A veces pienso en seguirlo. Ver con mis propios ojos.

—¿Y qué esperas? Para algo te regaló ese carro. No solo para que vayas al bistró, y hagas las compras. Úsalo. Y abre bien los ojos.

—Tienes razón —respondió Mariana.

—Debes estar pendiente de su rutina, de las llamadas, de cada pequeño desliz —añadió Maca.

Antes de marcharse, le guiñó un ojo.

—Tranquilízate, querida. Como dicen por ahí; no hay nada oculto bajo el sol —le aseguró, y se marchó.

Una sombra apareció detrás de Mariana, proyectándose larga sobre la pared del salón. Por un instante creyó que era Maca, pero la sensación era distinta: helada, silenciosa, acusadora. Se dio la vuelta, y no había nadie. La sombra se desvaneció, dejando un vacío húmedo que le recorrió la espalda.

***

La mañana siguiente amaneció gris, denso como plomo. Cada segundo se arrastraba, y las palabras que aún no habían sido pronunciadas flotaban en el aire como una tormenta inminente. Mariana despertó temprano. Seguía en la cama cuando observó a Danilo salir del baño, recién duchado. Se fijó en cómo se peinó con esmero, se afeitó con precisión quirúrgica; y eligió una chaqueta azul cobalto que no le había visto antes. "Se está vistiendo para seducir", pensó.

La intuición femenina, ese sexto sentido maldito, le gritaba por dentro. Y tenía razón, Danilo había quedado con Patricio para encontrarse en la cabaña. Se metió a la ducha y luego se vistió. Eligió un vestido gris frente al espejo. Detrás del cristal, la sombra se reflejaba estirando sus brazos, como si quisiera empujarla hacia el destino que no quería enfrentar. La voz de Maca resonó en su mente: "Recógeme en una hora".

Mariana salió del edificio con el corazón galopando. Cuando Maca subió al coche, notó que traía la mirada perdida.

—¿Estás bien? —preguntó.

—No. Pero lo estaré —respondió Mariana, acercándose para aspirarle el cuello—. Maca, ¿y ese perfume?

—¿Qué pasa con mi perfume?

—Hueles a muerte —y se echó a reír, con una risa suelta, extrañamente infantil.

"Quizás no debo acompañarla", escuchó a Maca decir apretando los labios.

El coche avanzó por la carretera secundaria. El paisaje ondulado y las colinas suaves apenas se filtraban entre las nubes. Dentro del vehículo, el aire era pesado. Mariana apretaba los nudillos sobre el volante, fija en la carretera, aunque no veía nada. Finalmente llegaron a la cabaña. El auto se detuvo bruscamente, levantando una nube de polvo. Frente a ellas, dos coches estaban estacionados. Mariana reconoció el de Danilo. Volvió a ver la sombra que se deslizó entre los árboles señalando la cabaña. Era oscura, parecía acechar, se movía sigilosa, alargando sus brazos sobre la tierra húmeda, como si supiera secretos que Mariana aún desconocía.

—Entra —le susurró una voz que no era de Maca, ni la suya, era otra, más profunda, más antigua.

Maca, al verla descontrolada, se asustó muchísimo.

—Chica, me pones nerviosa, mejor vámonos —le suplicó, intentando agarrarla de la mano—. Prométeme que, veas lo que veas, no harás una locura.

Mariana se soltó con un movimiento brusco.

—¡No me toques!

Se detuvo frente a la puerta, respirando hondo. Su mano se extendió hacia el picaporte. Su corazón latía con fuerza, su mente estaba decidida. No había vuelta atrás. La puerta tenía seguro. La furia la traspasó como un rayo. Golpeó el portal con los puños hasta sangrar.

—¡Danilo, sé que estás ahí! ¡Cobarde! ¡Ten el valor de salir con la zorra que andas!

Nadie contestó. Recogió piedras y las lanzó contra las ventanas.

Maca hizo un último intento por sujetarla.

—¡Mariana, estás sangrando!

Afuera, todo era un torbellino. Dentro, Danilo sintió que se perdía. Se asomó por la ventana y la vio, los ojos de Mariana estaban llenos de incredulidad y dolor. La culpa lo golpeó con toda su fuerza.

Se llevó las manos a la cabeza, incapaz de decidir:

—¿Cómo fui capaz? ¿Cómo dejé que todo llegara a esto? ¿Qué he hecho? Dios mío... El bebé... ¡el bebé! Tengo que darle la cara. Si no salgo, será peor —balbuceó, mirando a Patricio.

Su amante, con el semblante desencajado, parecía un hombre que acababa de presenciar una tragedia.

—¿Estás loco? ¡No puedes hacer eso! Cuando se canse de gritar, se irá.

—Está embarazada.

—¿Qué?

—Quise ser honesto conmigo mismo, pero no así; no ahora. No a costa de ellos. ¿Cómo detengo esta culpa si pierde a nuestro hijo? ¡Por favor, entiéndeme!

Patricio se quedó mudo, sin comprender. Danilo abrió la puerta. Estaba sin camisa. Patricio, aterrado, trató de cubrirse, pero Mariana lo vio. Durante un instante se hizo un silencio absoluto. Ella quedó incapaz de articular palabra, mientras la verdad se deslizaba, fría y cruda. Recordó su boda, cada promesa, cada caricia que creyó única. Todo se convertía ahora en un gris amargo.

—¿Por qué? —murmuró finalmente, más para sí que para él.

Danilo permanecía allí, torpe, sin excusas.

La decepción no era solo por lo que había hecho, sino por la arrogancia de creer que jamás lo descubriría. La imagen del hombre al que se entregó; se desmoronó como un castillo de arena ante la primera ola. No lloró. No podía. Era un dolor atrapado en algún rincón del pecho, inmóvil, pero tan vasto que la asfixiaba.

—¿Qué estoy viendo? ¿Es en serio?

—Yo... puedo explicarlo —dijo él, con la voz hecha trizas.

—¿Explicarlo? ¡¿Explicarlo?! No creo que exista palabra en el diccionario que haga esto menos devastador.

Danilo bajó la cabeza.

123

—No era el momento para que lo supieras así.

Ella soltó una risa repleta de frustración.

—¿El momento? ¿Me estás diciendo que planeaste cuándo contarme que el hombre con el que me casé no tenía el valor de ser honesto?

—No quería lastimarte.

124

—¿Y esto no es lastimarme? Me has destrozado. No por lo que eres; sino por mentirme. Por fingir que yo era suficiente, cuando nunca lo fui.

—Nunca fue tu culpa.

Ella cruzó los brazos, conteniendo el temblor de su cuerpo.

—Eso no lo hace menos cruel. Yo te di todo de mí. Tú me pagaste con silencio y engaños. ¿Sabes qué es lo peor? Pensé que te conocía. Y ahora estoy frente a un extraño.

Danilo dio un paso hacia ella.

—Por favor, déjame explicarte todo desde el principio. ¿Cómo reparo esto? ¿Cómo te convenzo de que aún puedo ser tu refugio?

Mariana levantó la mano para detenerlo.

—No tienes que decir nada más. Todo lo que necesitaba saber ya lo vi.

—¡Malnacido! —le gritó, empujándolo en el pecho varias veces—. Hubiera preferido mil verdades dolorosas antes que esta mentira. Pero ya no importa. Tú elegiste tu camino.

Giró lentamente y caminó hacia el coche. Ambos hombres quedaron en silencio, envueltos en un peso que llenaba cada rincón de la cabaña.

Maca, que se había mantenido en una esquina durante la discusión, salió por fin de su mutismo. Se adelantó unos pasos y lo miró con un desprecio que Danilo no pudo sostener.

—Siempre sospeché lo tuyo —dijo con voz helada—. Vámonos, Mariana. Que todo el mundo sepa quién es Danilo del Prado.

Sus palabras flotaron en el aire como un veneno. El silencio se volvió opresivo. Danilo sintió que el mundo se inclinaba bajo sus pies. Un zumbido llenó sus oídos. Ladrillo a ladrillo había construido una fachada perfecta. Ahora, una simple amenaza lo hacía temblar.

125

—No te atrevas —dijo, pero su voz era un hilo roto.

Maca sonrió fría, burlona.

—¿Qué vas a hacer? ¿Suplicarme?

Algo se rompió en Danilo. No era ira exactamente, sino un terror viscoso de que descubrieran su orientación sexual. Su visión se volvió borrosa. Un instinto salvaje se apoderó de él.

Mientras, Mariana avanzaba hacia el coche, Maca le pasó el brazo por los hombros. Se dejó llevar, como una muñeca vacía.

Danilo, fuera de sí, corrió hacia la cabaña. Patricio intentó detenerlo:

—¡Madre mía! ¿Qué vas a hacer?

Pero Danilo lo empujó sin escuchar sus súplicas. Desde donde estaba, Mariana creía que él solo veía a Maca alejándose. Maca abrió la puerta del auto, convencida de que su amenaza había hecho temblar a Danilo. Mariana sintió un temblor en las piernas al escuchar la detonación; el mundo se encogía a su alrededor. El disparo retumbó como un trueno. Mariana percibió algo más: una sombra fugaz, difusa, detrás de Maca, que parecía estirarse y vibrar con el eco de la bala, como un reflejo de su propio miedo y confusión. Maca se desplomó hacia adelante, con un grito breve que se apagó en el viento. Mariana la vio caer y, en ese instante, todo se volvió negro. Su cuerpo cedió bajo el peso insoportable de la verdad, y se desmayó. La sombra desapareció, pero su huella persistió en la mente de Mariana, recordándole lo que acababa de vivir.

126

Danilo permaneció allí, inmóvil, con el arma aún temblando en su mano. El eco del disparo rebotaba en los alrededores, pero lo único que llenaba el silencio era su propia respiración entrecortada. Ciego de terror, cayó de rodillas. Su mente trataba de encontrar sentido a lo que acababa de suceder, pero lo único que lo envolvía era una oscuridad abrumadora. De inmediato, entró en la cabaña. Sus pasos eran torpes, como si caminara sobre un suelo que ya no le pertenecía. Buscó un rincón donde esconder el arma. Cuando su mano se deslizó hacia el cajón del escritorio, encontró a Patricio de pie, con los ojos desorbitados.

Su amigo estaba completamente descontrolado.

—¡Escuché un disparo! ¿Qué demonios hiciste? ¡Eres un asesino! Yo me largo, no voy a ser tu cómplice —gritó, mientras intentaba salir huyendo.

Entonces, un segundo disparo retumbó desde el interior de la casa.

Gris final

La tarde caía con una pereza helada sobre el hospital Renace, donde el tiempo parecía detenido. Como de costumbre, un gavilán sobrevolaba los predios, observándolo todo. Más allá de los muros blancos cubiertos de musgo, el cielo se pintaba de un gris opaco que amenazaba con una lluvia que no llegaba. Los jardines, aún verdes, estaban poblados de árboles desnudos y bancos solitarios donde a veces se sentaban pacientes envueltos en su propio silencio. En el pasillo principal, las luces fluorescentes titilaban levemente, añadiendo a la atmósfera un toque de melancolía.

Entre la mezcla de desinfectante y humedad antigua, los enfermeros Trina y Sandro charlaban en voz baja junto a la mesa de recepción.

—Te digo que hoy estuvo más tranquila —comentó Sandro con la habitual sonrisa que resaltaba sus hoyuelos.

El enfermero, de cabello rizado y ojeras que evidenciaban el turno de noche, se apoyó contra la pared con una taza de café en mano.

—¿Tranquila? —replicó Trina, ajustándose la coleta mientras hojeaba una carpeta con expedientes—. La vi hablando sola junto a la ventana del salón común. Decía algo sobre un barco y un río. Parecía que discutía con alguien.

—Bueno, pero ya no grita ni se agita como antes. Eso ya es una mejoría, ¿no crees? —insistió Sandro con un tono que mezclaba esperanza y cansancio.

—Tal vez. Aunque sigue con esa mirada... ya sabes, como si estuviera atrapada en algún lugar al que nosotros no podemos llegar —aseguró Trina, cerrando la carpeta con un suspiro.

El nombre de la persona mencionada en su conversación era Mariana del Prado, la paciente que llevaba tres años internada en Renace. Había llegado en un estado crítico, consumida por una tristeza que parecía infinita. Aunque los medicamentos y las terapias hicieron su parte, quedaba en ella un vacío imposible de llenar.

—Danilo va a venir la semana que viene —informó Sandro al cabo de un rato.

—¿Danilo del Prado? ¿Su esposo? ¿Otra de sus dos visitas anuales? —preguntó Trina con un dejo de sarcasmo.

—Al menos viene. Hay pacientes aquí que no reciben ni una sola llamada, Trina.

—Sí, pero no sé, dos veces al año. Es como si solo quisiera cumplir con una cuota, ¿no crees?

Sandro se encogió de hombros.

—Dicen que lleva el día exacto anotado en un calendario. Parece que aún le importa, aunque sea a su manera.

—Bueno, sea como sea, Mariana sigue aquí. Hoy volvió a hablar de una tal Maca, y un supuesto Armani. Pobrecita —repitió Trina en voz baja.

Mientras tanto, en el ala oeste, Mariana estaba sentada junto a una ventana, mirando el horizonte gris con los ojos perdidos. Sus labios se movían sin emitir sonido, pero cualquiera que la viera notaría la intensidad en su expresión, como si en su mente se librara una conversación vital. Los enfermeros la observaron a distancia mientras el día terminaba y la luz artificial del hospital tomaba el lugar del sol.

***

Mariana experimentó sus primeros trastornos emocionales cuando salió de su país, en un intercambio universitario. Su estado mental se deterioró aún más tras casarse con Danilo del Prado. La joven comenzó a sospechar cosas extrañas, sumadas a los abusos psicológicos que él ejercía con delicada crueldad. Cuando le informaron que era estéril, fingió un embarazo, convencida de que así podría salvar su matrimonio. Lo que terminó de perturbarla fue descubrir la relación secreta que su esposo mantenía con Patricio. Comprendió que había sido víctima de un plan urdido por Nicolás del Prado, su suegro, quien obligó a Danilo a casarse para lavar su imagen y dejarlo al mando de la empresa mientras él se mudaba al extranjero a tratar la enfermedad de su esposa.

El día que Mariana decidió ir a la cabaña frente al lago, fue sola. Aunque en su mente, Maca caminaba junto a ella, un escudo silencioso que la protegía de la traición que pensaba que descubriría...

***

Mariana estacionó el auto entre unos árboles, convencida de que hallaría la confirmación de sus peores presentimientos. Vio dos coches aparcados afuera y reconoció el de Danilo. Su pecho subía y bajaba rápido. Antes de golpear la puerta, buscó a su alrededor alguna señal de compañía, pero solo escuchó el eco de su propia respiración.

Golpeó la puerta con fuerza, hasta hacerse sangrar los nudillos.

—¡Danilo! ¡Sé que estás ahí! Ten el valor de salir con la puta que llevas contigo. ¡Cobarde!

Nadie respondió. Entonces recogió unas piedras y las lanzó contra las ventanas hasta romper varios cristales. Fue entonces cuando Danilo abrió la puerta, sin camisa. Patricio intentó ocultarse, pero Mariana alcanzó a verlo. Su corazón latía fuerte y, además, sentía un susurro detrás de ella. Era Maca firme y con los brazos cruzados, observando a Danilo, como diciéndole: "No dejes que te dañe".

Mientras hablaba con él, la sombra de un árbol cercano se proyectaba en la pared de la cabaña, alargándose y moviéndose como un reflejo de su miedo y confusión. La figura parecía acompañarla, acusadora y silenciosa, mezclándose con la visión de Maca detrás de ella, protegiéndola. Cada respiración le recordaba que no estaba sola, aunque en realidad lo estuviera.

Danilo avanzó hacia ella.

—Por favor, déjame explicarte todo. No es lo que piensas. ¿Cómo reparo esto?

Mariana levantó una mano para detenerlo.

—No tienes que decir nada. Ya vi todo. ¡Me usaste! Te juro que todo el mundo sabrá quién eres.

El universo de Danilo se tambaleó. Pasó años construyendo una fachada perfecta, cada ladrillo colocado con precisión para esconder lo que él "creía" era su mayor vergüenza. Y ahora bastaba con que Mariana pronunciara una sola frase para destruirlo.

—No te atrevas... —susurró él con voz quebrada.

Mariana soltó una risa vacía que lo dejó paralizado.

—¿Qué vas a hacer? ¿Suplicarme? ¿Qué pensarán en tu empresa cuando sepan que te gustan los hombres?

Sacó una cuchilla filosa de la cartera. Intentó agredirlo, pero Danilo logró sujetarla. Desde el rincón de la cabaña, Patricio, paralizado por el miedo, levantó su revólver. El sudor le corría por las sienes. Disparó dos veces al aire, hacia las vigas del techo. El estruendo sacudió el lugar; una bandada de pájaros huyó del lago. Mariana dio un paso atrás, desorientada. El suelo pareció moverse bajo sus pies; tropezó con el borde del piso de madera y cayó. Su cabeza golpeó contra el suelo con un sonido seco. Nada más ocurrió. Ni disparos dirigidos a ella, ni muerte. Aquella escena delirante en la que Maca caía herida en sus brazos jamás sucedió. Maca estaba allí solo en su mente. La sombra desapareció, pero la huella de su presencia persistió en la mente de Mariana, recordándole el terror, la traición y la confusión que acababa de vivir. Por un instante, un silencio pesado cubrió todo el lago y la cabaña. Y en ese instante, en algún lugar entre la realidad y la mente de Mariana, algo quedó inexplicablemente suspendido, un eco que nadie podría explicar.

Danilo gritó:

—¡Vete, Patricio! Yo me encargo.

Sin saber qué hacer, Danilo miró a su alrededor buscando una salida que no existía. La cabaña se cerraba sobre él y su mente giraba en un torbellino de miedo e incertidumbre. Pensó en el doctor Fermín Villalobos, su amigo psiquiatra y confidente, quien siempre tenía una solución, siempre sabía cómo moverse en las sombras sin dejar rastro. Pero, "¿Acudir a él otra vez? ¿Meterlo en esto?", pensó mientras la

131

tensión subía. No era solo su pellejo lo que estaba en juego; también le había prometido a Patricio ocultar su relación para no arruinar su ascendente carrera de chef.

Y mientras Patricio huía, Danilo, tembloroso, se dirigió al despacho de la cabaña para llamar al doctor Fermín.

—Estoy perdido si no me ayudas. Necesito que me devuelvas todos los favores —le suplicó.

El psiquiatra, ajeno a todo, intentó llegar lo antes posible. Mariana, luego del impacto que le provocó descubrir a Danilo; y del fuerte golpe en la cabeza, despertó confundida. No supo cuánto tiempo pasó en aquel limbo silencioso. No soñó. No sintió nada. Solo una bruma espesa envolviéndola. Hasta que, poco a poco, un sonido comenzó a filtrarse en su mente: un murmullo lejano, luego un zumbido y, finalmente, dolor.

Un latido punzante en la cabeza la arrancó del abismo. Entreabrió los ojos; todo estaba borroso, las voces eran ecos distantes que no lograba descifrar. Su cuerpo se sentía pesado, como si aún no le perteneciera. Intentó moverse, pero un mareo violento la arrastró de vuelta a la confusión.

—¿Dónde...? —su voz era apenas audible.

Un rostro apareció sobre ella, pero no pudo reconocerlo. Su mente era un laberinto sin puertas, donde todo se desdibujaba. Había algo importante. Algo que debía recordar. Pero el dolor pulsaba con fuerza en su cabeza, empujando los recuerdos hacia la sombra. Y por un momento, no supo quién era.

El doctor Fermín le inyectó un calmante, dejándola profundamente dormida.

Luego, minuciosamente, la revisó.

—¿Te dijo que está embarazada? —preguntó, mirando a Danilo.

—Sí. Bueno, eso dice.

—Ella no está embarazada.

—¿Cómo? Examínala bien —insistió Danilo, con la frente empapada en sudor.

—A ver, amigo, soy médico. La duda ofende.

—¡Está loca! Si inventó un embarazo, estoy seguro de que cumplirá todas sus amenazas.

—¿Amenazas?

—Me amenazó con desprestigiarme en la empresa inventando disparates sobre mí. Interna a esta mujer. Te pagaré lo que pidas. La pasta me sobra y tú eres el dueño de Renace.

El galeno se negó tajantemente.

—Imposible. ¡Está mi licencia en juego! —cerró su maletín dispuesto a irse.

Danilo, con cara de enemigo, se le atravesó en el camino.

—¿Recuerdas lo que me pedías?

—¿De qué hablas? Quítate —lo empujó.

—¿De qué hablo? —Danilo se le acercó y lanzó la amenaza—. Me pediste más de una vez que te grabara con tus "ovejitas" para la posteridad. Las copias están en un lugar seguro. Si no me ayudas, irás preso. Y sabes lo que hacen con los pedófilos en la cárcel.

El psiquiatra abrió los ojos espantado, no tuvo más opción que aceptar el chantaje. Por tal motivo, Mariana fue internada en Renace por un tiempo indefinido, sin juicio ni derechos. Danilo hizo creer a todos que su esposa lo había abandonado y regresado a su país. Nadie lo contradijo. Ella era huérfana.

Luego de la muerte de la madre de Danilo, don Nicolás del Prado retomó las riendas de su empresa. Danilo se mudó a Suiza con Patricio; viajaba dos veces al año para ver a su padre y, de paso, visitar el hospital psiquiátrico para "cumplir con su conciencia". Puntualmente, enviaba el pago correspondiente para los tratamientos de Mariana; y se aseguraba de que nada le faltara. También depositaba otra cantidad sustancial en una cuenta particular a nombre del doctor Fermín Villalobos. Para el personal de Renace, el diagnóstico de Mariana estaba lleno de incógnitas. A decir verdad, quizás había heredado algún trastorno mental congénito de su verdadera madre: una mujer adicta a las drogas.

***

Transcurridos tres años del ingreso de Mariana, el doctor Fermín Villalobos fue finalmente investigado por evasión contributiva, abuso de poder; y por la querella de una joven menor de edad que lo acusaba de haber abusado de ella y grabarla. Los periódicos mostraban su rostro con la misma sonrisa manipuladora que usaba en los pasillos del hospital. Otra denuncia lo vinculó con un club privado de personas degeneradas. Semanas después, la imagen de su arresto, esposado, con la cabeza agachada, recorrió los noticiarios.

El hospital pasó entonces a ser dirigido por un inversionista extranjero, quien terminó convirtiéndose en el nuevo dueño de Renace. Bajo la nueva administración, todo cambió. Los pasillos que antes eran rígidos y silenciosos empezaron a oler a pintura fresca y a urgencia administrativa. Valeria quedó desprotegida: ya nadie la blindaba. La citaron a una reunión; salió con los ojos rojos y al día siguiente ya no tenía código de acceso. Poco después corrieron rumores de que había contraído una extraña enfermedad de transmisión sexual. Estando internada en una clínica, fue atendida irónicamente por una enfermera maltratante. Fue su karma. Murió sola.

Sobre Danilo del Prado no se volvió a saber. Al enterarse del escándalo de Fermín Villalobos y su encarcelamiento, desapareció. Ni un correo ni una llamada, ni un registro bancario. Huyó a un país donde no pudieran extraditarlo. Sin Valeria ni el doctor Fermín en Renace, un nuevo psiquiatra quedó a cargo del tratamiento de Mariana. Los registros mostraban una historia llena de irregularidades: firmas incompletas, reportes manipulados, diagnósticos contradictorios. Tras la caída de Villalobos, muchas de las internaciones bajo su mando estaban siendo revisadas por el nuevo propietario. Mariana figuraba como paciente "sin albacea", así que el hospital decidió mantenerla internada bajo observación, con los gastos cubiertos por un fondo temporal destinado a las víctimas de los abusos del antiguo director.

Durante ese tiempo, Mariana no mostró resistencia. Caminaba por los pasillos con los hombros relajados, como si temiera que el aire del exterior la lastimara. Parecía cómoda en la rutina: el sonido de las bandejas de comida, el eco de los pasos, el olor a desinfectante. Algunos pensaban que no quería salir; otros, que esperaba el momento correcto. Pero cada día se veía más tranquila, más lúcida. Sus ojos, antes apagados, recuperaban poco a poco un brillo suave, como brasas bajo la ceniza. Su expediente pasó de "paciente en observación" a "alta recomendada".

La tarde que Mariana firmaba los últimos papeles, la enfermera Trina la observó desde la puerta. La joven intentaba mostrarse firme, pero sus manos temblaban como las hojas de un árbol frente a un viento débil. Afuera no la esperaba nadie. Ni una amiga. Ni un familiar. Ni siquiera una dirección a la cual regresar. Era como si la ciudad la hubiera escupido fuera del hospital sin ofrecerle un solo refugio. Trina suspiró. ¿Cuántas veces había visto lo mismo? Pacientes que aprendían a caminar por dentro, pero no por fuera. Y Mariana... Mariana le tocaba fibras que no sabía que tenía. Tal vez porque al mirarla sentía un eco de sí misma: también ella llegaba a casa cada noche sin que nadie preguntara cómo estaba, también comía sola, dormía sola.

Apretó los labios y tomó una decisión.

—Mariana —dijo con voz suave pero firme—, no sé si sea lo mejor, pero si necesitas un lugar mientras te organizas, mi casa está abierta para ti.

Mariana levantó la vista. Sus ojos, enormes y sorprendidos, parecían los de alguien que llevaba demasiado tiempo sin recibir un gesto amable. Trina sintió un nudo en la garganta. Quizás estaba cometiendo un error, pero algo dentro de ella, algo antiguo y tierno, le decía que ambas necesitaban esto. Para sorpresa de Mariana, Trina había recuperado sus escritos de la oficina del doctor Fermín. Meses antes de que lo encarcelaran, él se los había pedido con la intención maquiavélica de publicarlos como suyos. Trina se los entregó a Sandro, quien logró publicarlos gracias a la ayuda de Odette. El libro *Quince tardes grises* se convirtió en un fenómeno.

Las primeras quince tardes grises de Mariana internada en Renace, fueron un torbellino de confusión, rabia y soledad. La sensación de traición la envolvía como una niebla espesa. Sabía que había sido su esposo quien decidió recluirla, no para ayudarla, sino para "silenciarla". Cada tarde era idéntica: el cielo gris filtrándose por la ventana, el sonido distante de una puerta cerrándose, el peso del silencio en su pecho. Se sentía una intrusa en su propia vida. Miraba por la ventana y contaba las horas mientras el mundo afuera seguía sin ella. Ese gris opaco era un espejo. Su voz parecía difuminarse en el aire, como si el hospital la absorbiera, como si no tuviera valor. Sentía que su libertad había sido arrancada de raíz.

Cuando decidió escribir su libro, entendió que aquellas quince tardes no solo representaban su sufrimiento, sino el inicio de una transformación silenciosa. Aunque no lo sabía en ese momento, esos días fueron el catalizador: el choque que la obligó a mirar hacia adentro, a descubrir su fortaleza y, eventualmente, a liberarse del control que otros ejercían sobre su vida. El título *Quince tardes grises* era un homenaje. El gris simbolizaba el lugar intermedio donde vivió durante tres años: ni blanco ni negro, ni perdida ni encontrada. Aprendió que incluso en la tarde más oscura siempre hay un matiz tenue, casi invisible, esperando ser descubierto.

***

En una de las presentaciones del libro de Mariana, con una voz tranquila y luminosa, se dirigió a los presentes. La sala estaba llena: un murmullo suave, cámaras listas, libros apilados como promesas.

—A lo largo de mi vida he aprendido que el dolor, aunque nos quiebre, también nos reconstruye. Hubo personas que me lastimaron de formas que no puedo justificar, pero sí comprender. Cada herida me obligó a mirar hacia adentro y encontrar algo que no sabía que tenía: la fuerza para perdonar. Perdonar no es justificar ni borrar lo vivido, sino liberar mi corazón del peso del rencor. Ellos también tenían heridas que no supieron enfrentar de otra forma que haciéndome daño.

Mientras hablaba, el público la escuchaba sin parpadear. Algunos asentían. Otros se limpiaban discretamente una lágrima. Mariana no leía: recordaba. Y cada palabra parecía desprenderse de un lugar muy antiguo de su pecho. Su voz no temblaba. Su mirada tampoco.

—No los disculpo, pero los libero. Hoy elijo el amor, pero no el que se suplica ni se exige, sino el que nace de la reconciliación conmigo misma; y de la paz que da dejar el pasado donde pertenece. A quienes me hirieron, les deseo algo que yo misma anhelé: la oportunidad de ser mejores, de cambiar, de sanar. Porque cuando aprendemos a soltar, descubrimos que el verdadero perdón no es un regalo para ellos, sino una liberación para nosotros mismos.

Antes de finalizar, sonrió con timidez.

—Ahora, si me lo permiten, deseo declamarles un poema inédito.

Un fotógrafo se levantó enseguida.

—Por supuesto. Nos hace un honor, maja —respondió, y le tomó una foto.

El *flash* iluminó la sala por un segundo. Mariana parpadeó dos veces. Y entonces, en ese breve intervalo entre la luz y el pestañear, le pareció verla. La sombra. Allí, entre el público, mirándola.

De inmediato sujetó el micrófono con fuerza, y se llenó de valor para enfrentarla:

A veces,
cuando el día se cansa de ser día,
vuelve a mí la sombra.

No camina,
no habla,
no toca...
pero respira detrás de mi nuca
como un recuerdo que aún no decide irse.

La he temido,
la he negado,
la he buscado.

Hoy la miro de frente:
no para invitarla,
sino para comprenderla.

Porque toda sombra
toda
alguna vez fue luz
que se quedó esperando.

El público la aplaudió de pie.

Al concluir la presentación, la tarde se desplomaba en tonos grises, como si el cielo quisiera fundirse con todas las sombras del mundo en un solo manto. Al salir del auditorio, un caballero la esperaba bajo la llovizna.

—Sabía que llegarías lejos. ¿Puedes dedicarme mi libro?

—¿Tú?

—Sí. Y si todavía te gusta el café, ¿me aceptarías uno?

—Estaría encantada.

Él tomó su mano.

—Por cierto, me gusta el vestido gris que llevas.

—El gris no es el final de los colores —dijo ella—, es el comienzo donde los matices se encuentran antes de separarse.

140

—Entonces quedémonos juntos aquí, en este gris.

Se abrazaron mientras la lluvia cubría la ciudad de un silencio suave. Un viento leve agitó las hojas, y, por un instante, Mariana creyó escuchar una risa conocida.

—¿La oíste? —preguntó, mirando a Armani.

—¿A quién? —respondió él.

Mariana sonrió, leve, misteriosa, como quien guarda un secreto que nadie entendería jamás.

—A Maca —susurró.

O tal vez, solo fue el eco de su propia mente... o la prueba de que aquella mujer, que todos creyeron rota, siempre supo exactamente cómo vencer.

FIN

Linda Pagán Pattiserie.

Biografía

Linda Pagán Pattiserie
Escritora-Novelista

Es oriunda de Ponce, Puerto Rico. Estudió Administración de Empresas en la Pontificia Universidad Católica. Se desempeñó en Bienes Raíces y Publicidad por varios años.

Tiene estudios en: Periodismo cultural; Novela corta; Creación de personajes y cuentos (Universidad del Sagrado Corazón).

Escribió para el periódico *El Nuevo Día* (columnas de análisis social), y reportajes.

Escribió para la revista *Ocean Drive Puerto Rico*. Y colaboró con la *Fundación A-mar P.R.*

Es la autora de los libros:

El lunar en el hombro derecho. (Award Winning Author) "International Latino Book Award":
Best Novel-Romance 2018.

El Caballero Jack (2022).
Medalla Plata: (Best Novel Fantasy).
Menciones Honoríficas:
Best Novel Drama.
The Isabel Allende (Most Inspirational Fiction Novel).

Crónicas del Alma y de la Vida (2012).